ars vivendi Krimi

Paul Flemming ist schlecht gelaunt. Ein unbekannter Absender vermiest ihm mit beleidigenden Briefen die gemütliche Adventszeit. Als er dann aber abgetrennte Finger und Zehen zugeschickt bekommt, beginnt ein Spiel auf Leben und Tod. Teil für Teil fügt der eigenwillige Fotograf und Gelegenheitsdetektiv das mörderische Puzzle zusammen und muss erkennen: Ein alter Rivale aus längst vergangenen Tagen will sich an ihm rächen! Die Uhr tickt gnadenlos weiter, und Paul Flemming durchlebt eine emotionale Achterbahnfahrt zwischen rasender Wut und ohnmächtiger Hilflosigkeit. Doch zum Glück kann er sich auf die Unterstützung seiner Frau, Oberstaatsanwältin Katinka Blohm, verlassen. Gemeinsam mit der Nürnberger Polizei nehmen die beiden die nervenaufreibende Jagd nach dem Entführer auf ...

Jan Beinßen, Jahrgang 1965, lebt in Nürnberg. Er hat zahlreiche Kriminalromane veröffentlicht. Bei ars vivendi erschienen bisher *Dürers Mätresse* (2005), *Sieben Zentimeter* (2006), *Hausers Bruder* (2007), *Die Meisterdiebe von Nürnberg* (2008), *Herz aus Stahl* (2009), *Das Phantom im Opernhaus* (2010) und *Die Paten vom Knoblauchsland* (2012).

Jan Beinßen

Und wenn das vierte Lichtlein brennt ...

Ein Fall für Paul Flemming

ars vivendi

Originalausgabe
1. Auflage September 2012

www.arsvivendi.com

Lektorat: Dr. Hanna Stegbauer
Umschlaggestaltung: ars vivendi verlag,
unter Verwendung eines Fotos von
Stephanie Wißmann/getty images
Druck: CPI Ebner & Spiegel, Ulm
Printed in Germany

ISBN 978-3-86913-171-9

Sophie, mein Henkersmädel,
komm, küsse mir den Schädel!
Die Augen zwar, sie fraß der Aar --
doch du bist gut und edel!

Christian Morgenstern

1

Er lief wie ferngesteuert durch die Menge. Seine Umgebung nahm er nicht bewusst wahr, beachtete das Städtlein aus Holz und Tuch nicht. Er wurde angerempelt, von Ellenbogen gestoßen, man trat ihm auf die Füße. Doch das war ihm gleichgültig.

Paul Flemming kämpfte sich über den Christkindlesmarkt, der jetzt, am frühen Abend, brechend voll war mit Touristen, aber auch Einheimischen, die nach einem Einkaufsbummel auf einen Glühwein ins Lichtermeer der Weihnachtsstadt eintauchten.

Das war es auch, was Paul begehrte: einen Glühwein, am besten einen mit Schuss. Denn er wollte sich betäuben, um die Verwirrung und die Angst zu lindern, die ihn in einen Klammergriff genommen hatten.

Ein Geruchswirrwarr aus Bratwurstdunst, Schaschlik und dem heißen Fett von Baggers umfing ihn. Aus einer Holzbude, die Mandeln und Lebkuchen verkaufte, strömte intensiver Zimtgeruch. Doch das, was er sonst angenehm fand und genoss, interessierte Paul nicht: Er strebte ohne Umwege den nächstgelegenen Glühweinstand an.

Wie nicht anders zu erwarten, fand er sein Ziel dicht umlagert vor. Die Gleichgültigkeit gegenüber seiner Umgebung schlug in Gereiztheit um: Verdammt, fluchte er im Stillen, warum müssen mir all die Deppen im Weg stehen? Er empfand die Menschen um ihn herum als hektisch und lästig. Niemand würde seine Notlage erkennen und ihn vorlassen. Jeder achtete nur auf sich selbst. Wie viele Leute mochten heute hier sein?

Er schätzte, dass der Hauptmarkt von mindestens zehntausend Männern, Frauen und Kindern bevölkert wurde. Waren diese Leute nicht alle wahnsinnig, sich diese Enge freiwillig anzutun? Er würde ewig warten müssen, bis er an seinen Punsch kam!

»Paul? Bist du das?«

Eine vertraute Stimme erklang ganz in seiner Nähe. Er drehte sich um und sah in das rotwangige Gesicht von Pfarrer Hannes Fink.

»Herrje!«, rief der Geistliche. »Du siehst fürchterlich aus! Das muss ja eine riesige Laus gewesen sein, die dir über die Leber gelaufen ist.«

Bei dieser besorgten Anrede wich Pauls rastlose Energie plötzlich einer tiefen Erschöpfung: Von Gefühlen übermannt warf er sich dem stattlichen Pfarrer an die Brust und drückte sich fest an ihn. »Ich bin erledigt«, keuchte er. »Fix und fertig. Ich brauche dringend was zu trinken!«

»Darauf kannst du hier lange warten«, sagte Fink. »Ist doch klar, dass um diese Uhrzeit die Hölle los ist, um es mal salopp zu sagen.« Er fasste Paul am Ärmel. »Komm mit zu mir ins Pfarrhaus. Ich kann dir zwar nur Bier und keinen Glühwein anbieten, aber dafür ein besonders süffiges. Du trinkst und sprichst dich bei mir aus.«

»Wolltest du denn nicht gerade wohin? Hast du überhaupt Zeit?«

»Für einen Mitmenschen in Not? Immer!«

2

»Was ist denn passiert?«, erkundigte sich Fink. Seine tiefe Brummstimme vermittelte wie stets Ruhe und Gelassenheit, doch seine Wimpern zuckten voller Ungeduld. »Erzähl schon!«, forderte er Paul auf.

Sie saßen im Bücherzimmer des Pfarrhauses von St. Sebald. Bücherzimmer deshalb, weil der quadratische Raum mit Bücherregalen bis an die Decke vollgestellt war und an den Wänden lediglich Platz für ein paar Dürer-Drucke ließ. In der Mitte des mit Holzdielen ausgelegten Raums stand ein rustikaler Eichentisch, an dem sie jetzt saßen und aus zwei vollgeschenkten Steingutkrügen Dunkles tranken.

»Ach«, ereiferte sich Paul, »es ist widerwärtig. Oder besser: schändlich. Auf jeden Fall fürchterlich! Jemand will mich fertigmachen, und zwar auf die übelste Art. So schlimm, wie du es dir nicht vorstellen kannst.«

Fink zupfte eine einzelne Tannennadel aus dem schlichten Adventskranz, der zwischen ihnen auf dem Tisch lag. »Es ärgert dich jemand? Wer und weshalb?«

»Keine Ahnung!«, rief Paul. Er setzte den Bierkrug an und leerte ihn zur Hälfte.

»Wenn ich dir Trost spenden soll, brauche ich schon ein bisschen mehr Information«, sagte der Pfarrer noch immer ruhig und besonnen, obwohl er durchaus zu merken schien, dass Paul kurz vorm Ausrasten stand.

»Aber ich weiß es doch nicht!« Paul rollte mit den Augen. »Gestern hat es angefangen. Ganz plötzlich, ohne jede Vorwarnung. Seitdem komme ich nicht mehr zur Ruhe.«

»Gestern?« Fink warf einen kurzen Blick auf einen Dreimonatskalender, der in einer Nische zwischen zwei der zum Platzen vollen Regale hing. »Am 1. Dezember?«

»Ja, ja«, sagte Paul hektisch. »Ich habe einen Brief bekommen. Dachte mir erst nichts dabei. Obwohl er keinen Absender trug. Das hätte mich ja schon misstrauisch machen müssen.«

»Hat es offensichtlich aber nicht. Und weiter? Hast du ihn geöffnet?«

»Ja, klar. War ja neugierig, wer mir schreibt. Dass man von E-Mails überschwemmt wird, ist ja mittlerweile eine Selbstverständlichkeit. Aber ein Brief – noch dazu von Hand geschrieben – hat Seltenheitswert.«

»Was stand denn drin? Und wer hat sich diese Mühe gemacht?«

»Wer sich die Mühe gegeben hat? Gute Frage! Ich habe keinen blassen Schimmer. Ich konnte die Schrift nicht erkennen. Kann von jedem x-Beliebigen kommen. Andererseits aber auch nicht, denn der Schreiberling muss mich ziemlich gut kennen – zumindest meine Schwächen.« Paul blickte seinen Freund gequält an. »Der Brief war ein einziger Vorwurf gegen mich. Eine wüste Beschimpfung. Ich habe gedacht, ich gucke nicht richtig, als ich das alles las: starker Tobak! Kaum zu glauben, wie beleidigend man sein kann.«

»Ein Hassbrief also«, folgerte Fink mit seiner sonoren Stimme, wirkte nun aber selbst angespannt. »Wer schreibt dir so etwas?«

»Hörst du nicht zu? Ich habe doch gesagt, dass ich es nicht weiß.« Paul schnaubte. »Ist auch besser so. Sonst würde ich diesem Kerl ordentlich eine verpassen!«

Fink löste seine prankenhafte Hand vom Krug und

legte sie auf Pauls unruhig trippelnde Finger. »Das würdest du hoffentlich nicht. Du würdest das Gespräch mit ihm suchen und die Sache mit friedlichen Mitteln aus der Welt schaffen.« Er hob die Brauen, als er unvermittelt fragte: »Weißt du denn überhaupt, dass es sich bei dem Absender um einen Mann handelt? Sagtest du nicht, der Brief sei handschriftlich verfasst worden? Daran könntest du vielleicht schon erkennen, ob der Verfasser jung oder alt, männlich oder weiblich, gebildet oder weniger gebildet ist.«

»Wie das?«

»Ein Beispiel: Männer tendieren generell eher zum Kritzeln und Schmieren, während sich viele Frauen eine schöne Schrift bewahren.«

»Dann kennst du Katinkas Klaue nicht«, hielt Paul dagegen. »Und ich kann dir auf Anhieb noch mindestens fünf andere Frauen nennen, die eine miese Handschrift haben, inklusive meiner Mutter.«

»Wie dem auch sei.« Fink versuchte es mit einem aufmunternden Lächeln. »Lass nicht so nah an dich heran, was in dem Brief steht. Betrachte es als einmalige Boshaftigkeit eines Menschen, der dir aus irgendwelchen Gründen eins auswischen wollte – was ihm ja auch gelungen ist.« Der Pfarrer stand auf. »Versuch es einfach zu vergessen!«, schlug er mit seiner raumfüllenden Stimme vor. »Ich hol uns noch ein Bier, wir plaudern über angenehmere Themen, und danach gehst du auf dem schnellsten Wege heim. Katinka wird sicher schon auf dich warten.«

»Einverstanden«, ließ sich Paul überreden. Doch bevor er nach Hause in seine neue Wohnung an der Kleinweidenmühle gehen würde, wollte er auf einen

Sprung in seinem Atelier am Weinmarkt vorbeischauen, um dort nach dem Rechten zu sehen.

Das tat er eine knappe Stunde später auch. Als er über das von Eiskristallen glitzernde Kopfsteinpflaster schritt und in tiefen Zügen die kalte, klare Luft einatmete, hatte er den unliebsamen Brief beinahe vergessen. Pfarrer Fink war es gelungen, ihm den Gram und den Zorn auszutreiben. Wenigstens vorübergehend.

Erst als er vor dem Haus stand, in dessen oberster Etage sein Fotostudio lag, kam ihm das kränkende Schreiben wieder in den Sinn. Genau in jenem Moment, als er am Briefkasten im Hausflur vorbeikam und einen Umschlag aus dem Briefschlitz lugen sah.

Paul zog das eierschalenbraune Kuvert heraus, hielt es ins schummrige Licht der Deckenlampe. Sein Name und die Adresse standen in schwarzer Tinte auf dem Umschlag. Ein Absender war nicht vermerkt.

Noch ein anonymer Brief? Konnte das denn möglich sein? Es schien sich um dieselbe ordentliche Handschrift zu handeln wie beim letzten Mal. Nun sah er sich die Briefmarke näher an, versuchte den Poststempel zu deuten. Doch der war kaum leserlich und enthielt nur ein paar Zahlen, die ihm nichts sagten.

Mit pochendem Herzen riss Paul das Kuvert auf. Er förderte ein eng beschriebenes Blatt Papier zutage, überflog die Zeilen.

Wie der erste Brief begann auch dieser mit Vorwürfen und übelsten Beleidigungen. Paul musste sich als »Lügner« und »Verräter«, »gemeines Macho-Schwein« und »hinterhältiger Hund« beschimpfen lassen. »Du bist die Ausgeburt der Bosheit, ein Ich-fixierter Unmensch«, hieß es in dem Schreiben.

Dann aber folgte ein radikaler Schwenk zur Sachlichkeit. Der Absender stellte kurz und präzise dar, dass er es keineswegs bei Briefen dieser Art belassen werde, sondern Paul auch auf anderem Wege schaden wollte.

Pauls Hände zitterten vor Aufregung und Wut so sehr, dass er die folgenden Zeilen kaum lesen konnte. Sein Zittern hatte noch eine weitere Folge: Aus dem Umschlag, den er in der linken Hand hielt, löste sich ein weiterer Bestandteil des Inhalts. Er fiel sanft zu Boden und landete fast lautlos auf den alten, gesprungenen Mosaikfliesen.

Als sich Paul danach bückte, schien ihm das Blut in den Adern zu gefrieren. Fassungslos starrte er auf das mit Tesafilm verklebte Büschel in seinen Händen.

3

»Katinka? Katinka, bist du zu Hause?«, schrie Paul, kaum dass er die Wohnung betreten hatte. Zu mehr Worten war er nicht fähig, denn er rang nach Luft. Seine Lunge stach, weil er die Strecke bis zur Kleinweidenmühle trotz Minustemperaturen gerannt war.

»Was ist denn los?« Seine Frau räkelte sich in einem Ledersessel, dessen Rückenlehne weit zurückgefahren war. Ihre nackten Füße ruhten auf einem Hocker ganz nahe am prasselnden Kaminfeuer, auf ihrem Schoß lag ihr i-Phone samt Kopfhörern. Das Wohnzimmer war, abgesehen vom goldgelben Funkeln aus dem Kamin, unbeleuchtet. Durch die deckenhohen Fenster bot sich ein romantischer Blick über den kleinen Garten bis zur Pegnitz.

Paul durchmaß den Raum mit wenigen großen Schritten. Grob knipste er eine Leselampe an und breitete den neuen Brief auf Katinkas Beinen aus.

»Schau dir das an! Ich habe schon wieder einen bekommen!«, rief er um Fassung ringend.

Katinka setzte sich auf, strich sich ein paar blonde Strähnen aus der Stirn, sah zunächst Paul skeptisch an und dann den Brief. »Ich habe dir doch gesagt, dass du dich da nicht reinsteigern sollst. Ein Kollege von mir, ein Richter am OLG, hat schon weitaus Schlimmeres bekommen. Man muss über solchen Sachen stehen und sich nicht ins Bockshorn jagen lassen, wenn ...«

»Dieser Typ droht mir!«, unterbrach Paul. »Es geht nicht länger um einen dummen Scherz oder bloße Belästigung. Nein, Kati, dieser Anonymus meint es ernst!«

Katinka musterte Paul und forschte in seinen Augen. »Du bist ja völlig aufgelöst. Erzähl schon, was drin steht!«

Paul deutete auf den letzten Absatz des Briefes. »Lies selbst. Du wirst es sonst nicht glauben.«

Abermals musterte Katinka ihn. Dann angelte sie sich ihre Lesebrille von einem Beistelltischchen und widmete sich dem seltsamen Schreiben:

»... und da ich dich kenne, vor allem deinen starken Hang zum Zweifeln und Hinterfragen, habe ich beschlossen, meinen Worten Nachdruck zu verleihen, indem ich Fakten schaffe. In der langen Zeit, die mir zur Verfügung stand, um über meine Rache an dir nachzusinnen, habe ich diverse Möglichkeiten durchgespielt. Zunächst liebäugelte ich mit materiellen Schäden: Ich wollte Dinge, die dir wichtig sind, zerstören. Doch ich habe mich schnell wieder von diesem Gedanken verabschiedet, denn du bist kein materieller Mensch. Also suchte ich nach für dich schmerzhafteren Alternativen. Nach etwas Lebendigem vielleicht? Ein Haustier? Hund, Katze, Wellensittich? Aber jeder weiß: Paul Flemming besitzt kein Haustier. Denn das würde ja deine heilige Freiheit gefährden. Um ein Haustier müsstest du dich kümmern. Du müsstest es füttern, pflegen, müsstest Zeit opfern und Zuwendung spenden. Nein! Das würde dich viel zu sehr einschränken! Für dich wäre schon eine Zimmerpflanze ein Grund, um die eigene Souveränität zu fürchten. Umso mehr wundert es mich, dass du dich an diese Staatsanwältin gebunden hast. Ich kann mir das nur so erklären, dass sie als Karrierefrau jede Menge um die Ohren hat. Sie hat de facto keine Zeit *für dich, sodass du dir trotz des Eherings um deinen Finger deine Freiräume bewahren kannst. Hand aufs Herz, Paul: Du hast sie wegen der Kohle vor den Altar gezerrt, stimmt's? Sie zahlt die Miete für dein Atelier und für eure schicke neue Wohnung sowieso, sodass du in aller Seelenruhe weiter deinen Müßiggang pflegen und nebenbei das ein oder andere Model vernaschen kannst.«*

Katinka blickte auf und sah Paul mit großen Augen an. »Was soll dieser Quatsch? Warum muss ich das lesen?«

»Weiter!«, beharrte Paul. »Lies weiter!«

Katinka verzog die Nase, vertiefte sich dann aber wieder in das Geschreibsel:

»Eine Weile habe ich deine Staatsanwältin in Betracht gezogen. An ihr hätte ich gern meine Wut auf dich abreagiert und dann zugesehen, wie du um sie trauerst. Doch dann dachte ich mir, dass ich dir eventuell nur einen Gefallen tue, wenn ich sie dir vom Hals schaffe. Mal abgesehen davon, dass man schwer an sie herankommt. Sie hält sich ja meistens in der Nähe von Richtern, Anwälten und Polizisten auf.«

Wieder sah Katinka auf. »Das ist die Höhe! Allmählich verstehe ich, warum du so sauer bist.«

Paul nickte ihr verhuscht zu und lenkte ihren Blick zurück aufs Papier.

»Ich habe weiter gesucht nach einer Person, die dir nahe steht, aber nicht zu nahe. Eine Person, der gegenüber du ein gewisses Verantwortungsgefühl ent-

wickelt hast. Jemand, für den du im Fall des Falles eintreten würdest. Wer blieb mir dafür übrig? Deine Eltern Hertha und Herrmann? Zu alt und klapprig. Die hätten mein Vorhaben nicht lange genug überlebt. Hannah, dein Stieftöchterchen? Ja, sie wäre eine Option gewesen. Aber ich habe eine noch bessere Alternative gefunden. Du wirst ganz meiner Meinung sein: Sie lohnt jede Anstrengung! Es wird mir ein Vergnügen sein, dich mit ihrem unausweichlichen Ende auf die Folter zu spannen.«

»Was, um Himmels willen, soll dieser Blödsinn?« Katinka wirkte verwirrt.

Statt die Antwort auszusprechen, hielt ihr Paul das mit Tesafilm fixierte Büschel entgegen: eine fingerdicke Haarsträhne, etwa fünf Zentimeter lang.

»Was zum Teufel ...?« Katinka stand schneller auf den Beinen, als Paul schauen konnte. Sie flitzte in die Küche und kam mit einem Frischhaltebeutel zurück. Sie hielt ihn auf und wies Paul an: »Lass die Haare da reinfallen. Wahrscheinlich sind überall deine Fingerabdrücke drauf, da müssen nicht noch meine dazukommen.«

Paul tat wie ihm geheißen. Darauf hielt Katinka den Klarsichtbeutel dicht vor die Leselampe und musterte den Inhalt genauestens.

»Bräunlicher Haarton«, stellte sie fest. »Nein, eher kastanienfarben, beinahe ...«

»Rot«, redete Paul dazwischen. »Die Farbe geht klar ins Rötliche. Bei Tageslicht sieht man es sicher noch besser.«

»Du meinst ...« Katinka wagte es offenbar nicht, ihre Ahnung auszusprechen.

»Natürlich!«, rief Paul aus. »Wer soll es denn sonst sein? Ich habe niemand anderen in meinem Bekanntenkreis mit dieser Haarfarbe. Die Strähne muss von ihr stammen!«

Tiefe Sorgenfalten zeichneten sich auf Katinkas Gesicht ab. »Lass uns einen kühlen Kopf bewahren. Gibt es noch andere denkbare Erklärungen?«

»Welche denn? Meine Güte, Kati, wenn es blonde oder schwarze Haare wären, dann könnten wir lange suchen. Aber bei der Farbe Rot? Machen wir uns doch nichts vor: Es gibt nicht wirklich eine Alternative.«

»Okay, mir fällt spontan auch niemand anderes ein«, musste Katinka zugestehen und fragte: »Hast du schon versucht, sie zu erreichen?«

»Ja! Auf dem Weg hierher, über mein Handy. Ich habe es bei ihr auf dem Festnetz und ihrem Smartphone probiert. Fehlanzeige!«

»Und im Präsidium?«

»Um diese Uhrzeit?«

»Einen Versuch ist es wert«, beschied Katinka und nahm ihr Telefon. »Du kennst sicher ihre Durchwahl«, sagte sie ohne jede Spur von Zynismus und ließ sich von Paul die vier Ziffern nennen.

»Herr Schnelleisen? Schön, dass ich Sie noch erreiche. Oberstaatsanwältin Blohm am Apparat. Ich bin auf der Suche nach Ihrer Kollegin, Kriminaloberkommissarin Jasmin Stahl. – Im Urlaub, sagen Sie? Wissen Sie, ob sie verreist ist, und wenn ja, wohin? – Nicht? – Ja, Herr Schnelleisen, es ist wichtig. Falls Sie von ihr hören, geben Sie mir bitte unverzüglich Bescheid.«

Ratlos legte sie den Hörer beiseite. »Jasmin Stahl feiert ihren Resturlaub ab. Keiner weiß wo, wie, geschweige denn mit wem. – Hat sie dir nichts von ihren Plänen erzählt?«

»Nein«, meinte Paul niedergeschlagen. »Wir hatten in letzter Zeit kaum Kontakt«, sagte er und konnte nicht umhin zu denken, dass Katinka dies eigentlich wissen sollte.

Katinka hielt noch einmal den Beutel mit der Haartolle ins Licht. »Wie auch immer. Solange wir nicht wissen, wo sie steckt, müssen wir vom Ernst der Lage ausgehen. Daher brauchen wir so schnell wie möglich Gewissheit.«

»Und wie?«

Katinka fand zu ihrer üblichen Entschlossenheit zurück, als sie mit festem Blick verkündete: »Die Polizei soll versuchen, die Kollegin aufzustöbern: Schnelleisen soll in ihrer Wohnung nachsehen, die Verwandtschaft abklappern und ihren Rechner checken, ob sie eine Reise gebucht hat. Parallel dazu lasse ich den Beutelinhalt analysieren. Wir brauchen das DNA-Profil dieser Haare!«

4

Der 3. Dezember brachte einen Wetterumschwung von der bitterkalten Hochdrucklage zum niederschlagsreichen Tief und überzog Nürnberg mit einer dichten Zuckergussschicht aus Schnee. Der Weinmarkt mit seinem Weihnachtsschmuck und den Lichterketten in den Baumkronen wirkte dadurch besonders heimelig, doch das berührte Paul kaum und konnte seine innere Anspannung nicht lösen.

Nachts hatte er nur wenig geschlafen, und selbst der duftende Kaffee, den Jan-Patrick ihm aus dem naheliegenden *Goldenen Ritter* hatte bringen lassen, konnte ihn nicht aufmuntern.

Gemeinsam mit Katinka und einem jungen Kripobeamten standen sie, dick eingepackt in Wintermäntel, Schals und Mützen, im Eingangsbereich des mehrstöckigen Hauses, das Pauls Fotoatelier beherbergte. Sie warteten vis-à-vis der Briefkastenzeile, die in der Hauswand eingelassen war, und wechselten kaum ein Wort.

Bewegung kam erst nach mehr als zweistündigem Warten in die kleine Gruppe, als gegen zehn Uhr der Postbote auftauchte. Pfeifend näherte er sich den Briefkästen, schlug die Schutzklappe seiner Umhängetasche zurück und griff zielsicher in die vorsortierten Briefe, Zeitschriften und Postwurfsendungen.

»Halt!« Der Kripomann stellte sich dem Briefträger entgegen und zeigte ihm seine Marke. »Können Sie sich ausweisen?«

Der Postbote, ein sanft wirkender älterer Herr mit vor Kälte geröteten Wangen, sah ihn ziemlich irritiert an.

»Ich? Ja, äh, sicher.« Er ließ von seiner Tasche ab und suchte in seinem Mantel nach seiner Brieftasche.

»Haben Sie heute etwas für Herrn Flemming dabei? Für Paul Flemming?«, fragte Katinka, nachdem sich der Postmann korrekt ausgewiesen hatte.

Dieser nickte eingeschüchtert und griff wieder in seine Tasche. Kurz darauf hielt er mit seinen fingerlosen Handschuhen ein Magazin in die Höhe, auf dem eine prallbusige Südländerin mit schwarzer Mähne und riesigen Kreolenohrringen prangte.

»Eine meiner Fotofachzeitschriften«, sagte Paul schnell und nahm sie dem Mann ab.

Katinka ließ dies unkommentiert und fragte den Austräger: »Ist sonst noch etwas dabei? Schauen Sie bitte genau nach!«

Der Postbote durchforstete gründlich seinen Bestand, fischte eine Rechnung, den Werbebrief einer Möbelhauskette sowie einen handschriftlich adressierten Umschlag ohne Absender heraus.

»Das ist es!«, rief Katinka aus. Sie nahm ihm den Brief ab und hielt ihn vorsichtig an einer Ecke in die Höhe. »Wir nehmen ihn mit ins Präsidium und lassen ihn dort öffnen.« An den Postmann gerichtet, erkundigte sie sich: »Können Sie uns etwas über den Absender sagen?«

Der Mann sah sie aus großen Augen an. »Öh … nein. Es steht ja nichts drauf.«

»Aber der Stempel«, meinte Katinka ungeduldig. »Der verrät doch etwas über das Postamt, in dem er aufgegeben wurde.«

Der Briefträger sah noch einmal genauer hin und sagte: »Dem Code nach müsste es Rosenheim sein.«

»Genau wie bei den ersten beiden Briefen«, sagte der Kripobeamte.

»Dann sollten wir die Ermittlungen darauf konzentrieren. Ziehen Sie die Kollegen in Rosenheim hinzu!«, wies Katinka ihn an und blies zum Aufbruch.

Im Polizeipräsidium am Jakobsplatz wurden sie bereits erwartet: Winfried Schnelleisen, Jasmins direkter Vorgesetzter, saß unruhig auf seinem Schreibtischstuhl in einem völlig überhitzten Büro. Zwei Weihnachtssterne auf der Fensterbank ließen schlaff die roten Blätter hängen. Sobald Katinka und ihr Gefolge eingetreten waren, sprang der Zweimetermann auf und nahm Haltung an, als wollte er salutieren. Wie meistens trug Schnelleisen einen schlecht sitzenden Anzug und hatte sein fettiges Haar schon zu lange nicht gewaschen.

»Wir haben ein drittes Schreiben«, übersprang Katinka die Begrüßungsfloskeln und legte das Kuvert auf den Schreibtisch. Schnelleisen holte ein paar weiße Handschuhe aus der Schublade, nahm eine Schere und öffnete das Kuvert vorsichtig am Falz. Dann griff er nach einer Pinzette, um damit ein sorgsam gefaltetes Blatt Papier herauszuziehen.

»Soll ich vorlesen?«, fragte er in die Runde, nachdem er die Seite auseinandergefaltet hatte.

»Nein«, entschied Katinka. »Herr Flemming soll die Gelegenheit bekommen, den Inhalt als Erster zu lesen, denn an ihn ist der Brief gerichtet.«

Paul, dem nun ebenfalls ein Paar Handschuhe gereicht wurde, nahm die zweifelhafte Ehre an und sog die in akkurater Handschrift verfassten Zeilen auf, die wiederum nichts anderes beinhalteten als eine Kette von Hasstiraden. Diesmal wurde er als »Wildsau« und

»Pornograf« beschimpft und eines wankelmütigen, feigen, selbstsüchtigen Charakters bezichtigt. Paul fragte sich abermals, wer so viel Zeit und Energie investierte, um sich diese Fülle an Boshaftigkeiten über seine Person auszudenken. Dann stieß er auf eine Passage, die ihn zusammenzucken ließ.

»Etwas Wichtiges entdeckt?«, fragte Katinka behutsam.

Paul nickte geistesabwesend. »Ja, ja, allerdings. Der Verfasser setzt ein Ultimatum.«

»Ein Ultimatum?«, fragten Katinka und Schnelleisen wie aus einem Mund.

»Ja, er schreibt, dass er seiner Geisel etwas antun wird. Er will sie verletzen. Am Anfang nicht schwer, aber nach dem vierten Advent ...«

»Was ist nach dem vierten Advent?«, bohrte Katinka und schielte auf den Brief.

Paul war aschfahl, als er sagte: »Er wird sie töten.«

»Was?« Katinka zog Pauls Arm zu sich heran, um den betreffenden Absatz selbst zu lesen.

»Wenn der Geiselnehmer ein Ultimatum stellt, dann doch sicherlich auch Forderungen«, mischte sich Schnelleisen ein. »Hat er dazu etwas geschrieben? Will er Geld?«

»Eben nicht«, sagte Paul und klang verzagt. »Es ist ein Ultimatum ohne Bedingungen. Er möchte einfach nur, dass ich leide – und am Schluss bringt er sie um.«

Schnelleisen stand jetzt Schulter an Schulter mit Katinka und las ebenfalls in dem Brief. »Das ist völlig unlogisch«, raunte er ihr zu. »Es entspricht in keiner Weise den üblichen Verhaltensmustern von Kidnappern und Erpressern.«

Katinka ignorierte das, hob den Blick und sah Paul aus sorgenvollen Augen an: »Meine Güte, Paul, wem hast du bloß so wehgetan? Der Schreiber dieser Zeilen muss sich zutiefst verletzt fühlen. Anders kann ich mir sein Verhalten nicht erklären. Oder wohl eher *ihr* Verhalten.«

»Sie tippen, dass es sich um eine Frau handelt?«, wollte Schnelleisen wissen.

Katinka trat einen Schritt zurück, um seinem säuerlichen Mundgeruch auszuweichen, bestätigte aber: »Ja. Es ist bisher mehr ein Gefühl. Aber vieles in der Ausdrucksweise und Argumentation spricht dafür, dass wir es mit einer hoch emotionalen Frau zu tun haben.« Sie legte ihren Finger auf die Briefmarke, die korrekt im rechten Winkel auf den Umschlag geklebt worden war. »Wir lassen die Speichelreste auf der Rückseite der Marke untersuchen. Dann sollten wir es definitiv wissen.«

»Apropos«, meldete sich eine etwas pummelige Frau mit wilder Dauerwellenfrisur zu Wort und klopfte im Hereinkommen an den Türrahmen. »Die Ergebnisse der Genanalyse liegen vor.«

Vier Augenpaare starrten sie erwartungsvoll an. »Gibt es Übereinstimmungen?«, platzte Paul heraus.

Die Frau schlug eine Mappe auf, die sie mitgebracht hatte. »Glücklicherweise konnten wir sehr schnell Vergleichsproben von Frau Stahl besorgen. Sie hatte eine Zahnbürste und einen Kamm in ihrem Spind ...«

»Kommen Sie bitte zum Punkt«, sagte Katinka barsch.

Die Frau guckte sie pikiert an. »Ist ja gut, aber ich musste Ihnen ja wenigstens erklären, warum wir den DNA-Abgleich so schnell vornehmen konnten.«

»Sind es Jasmins Haare? Ja oder nein?« Paul schrie diese Fragen geradezu heraus.

Die dickliche Frau zog verängstigt den Kopf ein. »Ja«, sagte sie, »eindeutig. Die Übereinstimmung bei den verglichenen Chromosomen liegt bei neunundneunzig Prozent. Wir haben selten so ein klares Ergebnis.«

5

Wie lange kommt ein Mensch ohne Schlaf aus, wenn er nicht durchdrehen will? Paul wusste es nicht, meinte aber, der kritischen Grenze schon sehr nahe gekommen zu sein. Die letzten beiden Nächte hatte er kaum ein Auge zugekriegt. Wie auch jetzt: Er lag seit Stunden wach im Bett neben Katinka und wartete darauf, dass die Digitalanzeige des Weckers endlich den Beginn des neuen Tages verkünden würde. Denn dann würden auch die Resultate der zweiten Genuntersuchung vorliegen: die der DNA-Spuren von den Briefen.

Zuvor hatte er sich durch einen Abend kämpfen müssen, der sich noch mehr in die Länge gezogen hatte als die Nacht. Immer und immer wieder waren er und Katinka die Liste der in Frage kommenden Personen durchgegangen, die hinter der Bedrohung stecken könnten. Das heißt: »Liste« schien Paul nicht der richtige Ausdruck zu sein, denn sie fanden eigentlich keinen Namen, den sie guten Gewissens auf eine solche hätten setzen können. Zwar gab es Zeitgenossen in Pauls Umfeld, die sicher nicht gut über ihn redeten, um nicht zu sagen: die ihm die Pest an den Hals wünschten. Doch niemand von ihnen dürfte die notwendige kriminelle Energie aufbringen, um eine Entführung, die Verstümmelung des Opfers und am Ende gar dessen Tod ins Kalkül zu ziehen. Paul ließ sich von Katinka zwar Namen, wie den von Axel Bär, entlocken, doch belastbar waren solche Spekulationen bestimmt nicht, das wusste er selbst. Bär zum Beispiel, der sein Geld ebenfalls als Fotograf verdiente und immer mal wieder wegen eines Auftrags, hinter dem beide her waren, mit Paul aneinandergeriet, verkörperte den Unsympathen schlechthin. Aber nie im Leben würde er so viel riskieren, nur um Paul eins auszuwischen. Genauso sah es mit Bernhard Schrader aus: Paul war dem Nürnberger Baumogul mehrmals in die Parade gefahren und hatte durch seine Schnüffelei wichtige Projekte gefährdet. Doch Schrader kannte ohne Zweifel andere Mittel, wenn er ernsthaft vorhatte, jemandem zu schaden. Ähnlich verhielt es sich mit Martin Rode, CSU-Politiker aus dem Nürnberger Norden mit Ambitionen, die bis in höchste Münchner Ämter reichten. Auch ihn hatte Paul unlängst sehr geärgert, aber auch er würde sich anders zu helfen wissen. Paul listete auf Katinkas Drängen hin weitere Kandidaten auf, etwa einen Gostenhofer Fitnessstudiobetreiber und Kleinkriminellen, den alle nur unter dem Namen »Der schöne Hans« kannten. Hans zählte gewiss nicht zu Pauls Freunden, und in früheren Jahren hätte er viele Gründe gehabt, ihm einen Denkzettel zu verpassen. Doch schon vor einiger Zeit hatten sie das Kriegsbeil begraben. Abgesehen davon stand für Hans viel zu viel auf dem Spiel, denn er war mehrfach vorbestraft und würde wohl für den Rest seiner Tage hinter Gitter wandern, wenn er mit einem solchen Plan aufflöge. Nein, so sehr Paul sein Gehirn auch strapazierte, ihm fiel niemand ein, der die Böswilligkeit und Härte des Entführers mitbringen würde. Am Ende fragte er sich gar: Hatten sie es mit einem oder einer Unbekannten zu tun? Mit jemandem, der sein eigentliches Ziel noch verbarg? Aber für einen Unbekannten steckte zu viel Wissen in den wohlformulierten Schmähungen gegen Paul.

Bei all diesen Fragen, die ihn umtrieben, wäre die wichtigste fast zu kurz gekommen: die nach dem Schicksal von Jasmin Stahl. Wie ging es ihr jetzt? Was machte sie durch? Musste sie leiden? Oder war sie am Ende schon gar nicht mehr am Leben? Paul ersann sich die düstersten Szenarien. Krude Folterszenen kamen ihm in den Sinn. Er sah Jasmins zierlichen Körper auf eine mittelalterliche Streckbank gespannt. Ein Maskierter machte sich gnadenlos an den Drehmechanismen zu schaffen. Jasmin schrie und flehte um Gnade. Dann schwirrten Bilder von Daumenschrauben und Elektroschockgeräten durch seinen Kopf. Seine Fantasie, gefüttert von zu vielen Actionfilmen, von *Tagesthemen* und *auslandsjournal*, machte sich selbstständig und lieferte ihm immer neue Horrorszenarien. Jasmin musste leiden, ohne dass ein strahlender Held ihr zu Hilfe kam.

Paul war froh, als der geistige Dauerlauf gegen Mitternacht ein Ende fand, und hatte das Gefühl, dass er es dem antiken Marathonläufer glatt nachtun und auf der Stelle tot umfallen könnte. Doch Katinka ließ das nicht zu, sondern bemühte sich, ihm Trost zu spenden, indem sie unentwegt seine Hand knetete.

An Ruhe und Frieden war aber dennoch nicht zu denken, denn Paul konnte die Grübelei nicht einstellen. Er wollte, nein: musste es wissen! Er musste den Namen desjenigen erfahren, der ihm das antat und mit Jasmin eine unschuldige Außenstehende in die Sache hineingezogen hatte.

Katinka, die bis tief in die Nacht beruhigend auf ihn eingeredet hatte, erwachte aus einem unruhigen Schlaf, als er frühmorgens aufstand, um den Kaffeeautomaten einzuschalten und nachzusehen, ob die Zeitung schon im Kasten steckte.

Das Frühstück nahmen sie in einer äußerst angespannten Atmosphäre zu sich und vermieden es, über das Thema zu sprechen, das beiden im Kopf herumging, über das aber im Moment alles gesagt war. Als sich Katinka mit einem Kuss auf Pauls Wange verabschiedete, um sich auf den Weg zu einem Termin im Oberlandesgericht zu machen, klingelte das Telefon.

Zunächst blieben beide wie erstarrt stehen. Dann rannte Paul in den Flur. Er presste den Hörer an sein Ohr, fragte mit sich überschlagender Stimme: »Gibt es etwas Neues?«

Die Stimme am anderen Ende ließ sich keine Überraschung darüber anmerken, dass Paul hellseherisch den Anrufer erraten hatte: »Ja, uns liegt das zweite Analyseergebnis vor.«

Paul stockte der Atem. »Und?«, fragte er und schluckte schwer. »Haben wir es mit einem Mann oder einer Frau zu tun?«

»Mit einer Frau«, klang es durch den Hörer.

»Das habe ich schon befürchtet«, bekannte Paul.

»Wir haben aber noch mehr. Der genetische Fingerabdruck und der Name sind bereits aktenkundig.«

Paul war baff und blieb still.

»Hallo? Sind Sie noch am Apparat?«

»Ja. Ja, ich bin noch dran. – Um wen handelt es sich?«

»Ihr Name ist Lena Mangold.«

Paul hielt den Hörer auf Abstand, starrte ihn an wie ein fremdes Wesen. Was hatte die Polizeibeamtin gesagt? Die DNA sollte von Lena stammen? Ausgerechnet Lena?

Wie lange hatte er nicht mehr an sie gedacht? Seit wann hatte er sie aus seiner Gedankenwelt verbannt?

Augenblicklich jagten Bilder durch seinen Kopf. Bilder von Lena Mangold: Lena besaß das glatte schwarze Haar einer Südeuropäerin, mit dem ihre eisblauen, kindlich klaren Augen auffällig kontrastierten, eine zierliche, gerade Nase, einen äußerst sinnlichen Mund und strahlend weiße Zähne. Paul sah sie vor sich in einem ihrer eleganten Hosenanzüge, die ihre sportliche Figur zur Geltung brachten und gleichzeitig so businesslike waren. Ganz wie es einer erfolgreichen Architektin anstand.

Pauls Gedanken riefen aber weit mehr als bloße Äußerlichkeiten auf. Er erinnerte sich nur zu gut an die Emotionen, die er mit Lena lange Zeit verbunden hatte. Daran, wie sich sein Herz öffnete, immer wenn er sie sah. Es hatte wenige Frauen in seinem Leben gegeben, mit denen er so sehr auf gleicher Wellenlänge gelegen hatte wie mit Lena Mangold.

»Wer ist die Briefeschreiberin?«, fragte Katinka, die plötzlich dicht hinter ihm stand und mit der Hand über seinen Nacken strich.

Ihre Geste mochte lieb gemeint sein, doch Paul bekam eine Gänsehaut. Mit matter Stimme antwortete er: »Lena Mangold – die Frau, die das Bild von ›Dürers Mätresse‹ stahl.«

6

Im Polizeipräsidium war zu dieser frühen Stunde wenig los. An Katinkas Seite hatte Paul die Pforte flott passiert, wenig später erreichten sie die nüchternen Flure der Kriminalfachdezernate. In Winfried Schnelleisens Büro wurde ihnen von einer aufgeweckten Mitarbeiterin umgehend heißer Kaffee serviert.

»Was haben wir?«, stieg Katinka ohne Umschweife ein.

Schnelleisen entblößte mit einem selbstzufriedenen Lächeln zwei Reihen schiefer Zähne: »Alles. Den Namen der mutmaßlichen Täterin, ihr Motiv und den zu erwartenden Aufenthaltsort. Über letzteren werden wir sehr bald Gewissheit erlangen, wenn die Kollegen den nächsten Brief abgefangen haben. Wenn er wieder aus Rosenheim kommt, können wir sie dort in die Zange nehmen.«

»Nicht ganz so schnell.« Katinka hob die Hand. »Wie soll das mit dem Brief laufen?«

»Meine Leute sind dabei, den Postweg zu verkürzen. Sie wollen das Kuvert im Briefzentrum Feucht abfangen, bevor die Post auf die einzelnen Austrägerbereiche aufgeteilt wird und dann wohl erst gegen elf Uhr bei Herrn Flemming eintrifft. Parallel dazu werden die Kollegen in Rosenheim aktiv, wo die ersten Sendungen eingeworfen worden sind.«

»Vernünftig«, urteilte Katinka knapp, konnte es aber nicht lassen, sich zu vergewissern: »Dafür haben Sie sich hoffentlich einen richterlichen Beschluss besorgt.« Ihre vom Schlafmangel fahle Haut, die zusammengekniffenen Augen und die ein wenig strähnig herabfallenden

Haare ließen sie streng wirken, fand Paul. Doch ihr Aussehen schien ihr momentan zweitrangig zu sein. Schon fragte sie weiter: »Was ist mit Lena Mangold? Ich dachte, sie sitzt im Frauengefängnis ein.«

Schnelleisen nickte dienstbeflissen. »Dachten wir auch. Aber von der Straubinger JVA haben wir erfahren, dass sie getürmt ist. Und zwar schon vor gut einem Monat.«

»Und das haben Sie erst heute herausbekommen? Warum, zum Teufel, so spät?«

Schnelleisens Selbstgefälligkeit begann sichtlich zu bröckeln, als er mit hängenden Schultern erklärte: »Wir sind nicht das zuständige Kommissariat dafür. Außerdem konzentrierte sich die Suche nach ihr bisher auf das Umfeld von Straubing und den Raum München.«

Allmählich bekam Katinka Farbe in die Wangen. »Das kann doch nicht wahr sein! Da läuft eine Mörderin frei herum, und die Mordkommission fühlt sich nicht zuständig?«

Schnelleisen veränderte die Tonlage so, dass es wie ein Winseln klang: »Frau Mangold war doch bereits gefasst und verurteilt worden. Wie Sie wissen, Frau Oberstaatsanwältin, endete damit unser Einsatz. Für die Suche nach der Entflohenen sind wir gar nicht legitimiert, denn das ist Sache der Kollegen von der ...«

Katinka sprang auf und verschüttete dabei ihren Kaffee. »Himmelherrgott! Ich will das alles nicht hören! Wir können es uns nicht leisten, unsere Zeit mit Zuständigkeitsgerangel zu vertrödeln.« Sie blickte auf die Datumsanzeige ihrer Armbanduhr. »Am 1. Dezember ist dieser Spuk losgegangen, an diesem Tag wurde wahrscheinlich Ihre Kollegin Jasmin Stahl gekidnappt. Heute haben wir den 5. Dezember! Fünf Tage sind nutzlos verstrichen, obwohl wir vom ersten Tag an hätten wissen können, wer unser Gegner ist – unsere Gegnerin.« Sie schnaubte vor Wut.

»Aber Gewissheit haben wir doch erst seit dem Gentest«, verteidigte sich der Kommissar. »Wer hätte denn ahnen können ...«

»Sie hätten es eben ahnen müssen!«, wetterte Katinka. »Ich möchte unter keinen Umständen erleben, dass uns so ein Lapsus ein zweites Mal passiert.« Sie baute sich vor dem hageren, aber deutlich größeren Schnelleisen auf. »Haben wir uns verstanden? Keine weiteren Verzögerungen!«

Schnelleisen machte Anstalten, sich abermals zu rechtfertigen und Katinka auf die regulären Dienstvorschriften hinzuweisen, doch sie zeigte sich unerbittlich und drohte sogar, den Polizeipräsidenten einzuschalten, wenn Schnelleisen seiner Truppe nicht endlich Feuer unterm Hintern machte.

Die Anspannung in dem kleinen Büro wurde erst durch das Klingeln des Telefons gelöst. Schnelleisen nahm ab, hörte mit gefurchter Stirn zu und verkündete nun wieder mit fester Stimme: »Die Kollegen haben den nächsten Brief abgefangen. Sie faxen ihn rüber.«

Sofort wechselten Katinka, Paul und die Kripoleute die Position und bildeten einen Ring um ein aschgraues, ziemlich veraltet wirkendes Faxgerät. Das gab vorerst keinen Mucks von sich.

»Eigentlich haben wir inzwischen Computerfax«, überspielte Schnelleisen die Zeit des Wartens. »Aber wir haben noch nicht herausgefunden, wie es funktioniert.«

Ehe Katinka einen – zweifellos spitzen – Kommentar abgeben konnte, erwachte das Gerät mit einem hochtönigen Pfeifen zum Leben. Gleich darauf setzten sich quietschend unsichtbare Walzen im Inneren in Bewegung.

Man überließ es Paul, das Fax aus dem Apparat zu nehmen und vorzulesen. Er räusperte sich, dann setzte er an:

»Mein lieber Paul, was machen deine Nerven? Ich wette, sie sind zum Reißen gespannt. Gern stelle ich mir vor, wie sie entzwei springen, ein Nervenstrang nach dem anderen. Es erfüllt mich mit diebischer Freude, mir auszumalen, wie du jeden Tag mehr leidest. Denn du hast es nicht anders verdient. Es kommt nun zurück, was du anderen angetan hast.«

Paul musste das Blatt ablegen, denn es fiel ihm schwer, die Worte, die er las, mit Lena Mangold zu verbinden. Stammten diese Boshaftigkeiten wirklich von ihr? Die DNA-Probe sprach dafür – und doch ...

Niemals hätte er Lena einen solchen Frontalangriff gegen ihn zugetraut. Dass sie so gemein sein konnte. Dass sie sich über alles hinwegsetzte, was der Anstand gebot und was ihr früher immer wichtig gewesen war. Was wollte sie erreichen? Sollte dies eine Art Nachhilfeunterricht für ihn werden? Sollte er etwas dazulernen über das Leben, die Liebe und die Frauen? Über Frauen, die so schwer verletzt worden waren, dass sie sich von sanftmütigen Wesen in rachsüchtige Furien verwandelten?

Paul blickte in die Runde. Er ahnte, dass es nun sehr persönlich werden würde. Doch er fasste den Mut, weiter vorzulesen, und ließ sein stummes Publikum hören, welch ein Taugenichts, wüster Frauenheld, Schnorrer und Parasit er sei. Er war – wenn man den Zeilen Glauben schenken wollte – der letzte Dreck.

Als wären all die schlimmen Kränkungen und Verunglimpfungen nicht schon genug gewesen, setzte die Verfasserin noch einen drauf. Als Paul die letzte Zeile des Briefes vorlas, bekam er eine Gänsehaut:

»P.S.: Morgen ist Nikolaustag. Freu dich auf eine Überraschung der besonderen Art.«

Paul war blass wie das Papier, das er in den Händen hielt.

Während sich Schnelleisen etwas betreten umsah und nicht zu wissen schien, was er als Nächstes unternehmen sollte, ergriff Katinka erneut die Initiative:

»Haben Ihre Kollegen im Auslieferungszentrum Feucht feststellen können, wo der Brief aufgegeben wurde?«

»Ja«, sagte Schnelleisen. »Diesmal wurde er in den Briefkasten eines Außenbezirkes von Augsburg eingeworfen.«

»Was?«, fragte Paul, kaum dass er sich vom Schock des eben Gelesenen erholt hatte. »Wie sollen wir uns das vorstellen? Fährt Lena einfach so durch die Lande? Mit Geisel und Gepäck, und niemandem fällt etwas auf?«

Schnelleisen sah ihn an, als habe er nicht verstanden. »Ich habe keine Ahnung, wie sie das macht.«

»Wir kriegen es schon noch heraus«, meinte Katinka und bestimmte: »Erweitern Sie den Fahndungsbereich großräumig. Bitten Sie die Augsburger, dass sie genügend Personal dafür abstellen.«

»Wird erledigt.«

»Und bleiben Sie bei der Post am Ball. Diese ›Überraschung‹, die Frau Mangold für morgen angekündigt hat, müssen wir so schnell wie möglich in die Finger bekommen. Ich habe da ein ganz ungutes Gefühl.«

»Jawoll!«

»Und daran, dass Sie auch bei der Suche nach Jasmin Stahl am Ball bleiben, muss ich Sie hoffentlich nicht erinnern. Finden Sie heraus, wo sie zuletzt gesehen wurde, ob sie mit jemandem über ihre Pläne gesprochen hat. Eventuell gibt es ja doch eine andere Erklärung für ihr Verschwinden als eine Entführung.«

Schnelleisen nickte, wirkte aber wenig überzeugt.

Katinka ging zur Tür. Paul folgte ihr. »Was hast du vor?«, fragte er.

»Ich nehme mir die Akte ›Dürers Mätresse‹ noch einmal vor. Ich muss mir die Einzelheiten ins Gedächtnis rufen. Das Ganze ist schon so lange her.«

»Sieben Jahre genau«, sagte Paul und spürte, wie sich ein Kloß in seinem Hals bildete.

7

Paul hatte den ganzen Tag nichts zu sich genommen, denn Lenas Psychoterror schlug ihm auf den Magen. Er ließ sich von Katinka dazu überreden, am Abend im *Goldenen Ritter* einzukehren und wenigstens eine Kleinigkeit zu essen. Denn zum Kochen hatten beide weder Lust noch Muße, zumal ihnen zu Hause ohnehin die Decke auf den Kopf fallen würde, zu allein wären sie dort mit ihren Sorgen.

»Was kann ich euch Gutes tun?«, erkundigte sich Jan-Patrick, kaum dass sich Katinka und Paul in ihrer bevorzugten Erkernische im oberen Stockwerk des verwinkelten Altstadtlokals niedergelassen hatten. Der sonst so umtriebige und agile Wirt nahm sich heute sehr zurück, da er von Pauls Nöten inzwischen wusste und die beiden nicht mit Fragen traktieren wollte, obwohl er sicherlich viele auf Lager hatte.

Er blieb einen Schritt vom Tisch entfernt stehen und beugte sich nur leicht mit dem Kopf vor. »Sehr empfehlen kann ich euch den rosa gebratenen Rehrücken mit Apfelspalten und Wacholderbeeren, dazu Dinkelspätzle.«

Katinka nickte, doch Paul winkte ab. »Für mich bitte nur ’nen Happen, egal was.«

Jan-Patrick rümpfte die Nase, denn selbst wenn sein Freund Paul eine schwere Phase durchmachte, mochte er sich nicht mit einem so banal vorgebrachten Essenswunsch abwimmeln lassen. Also schlug er vor: »Ich kann dir glasierte Kastanien mit Rosenköhlchen und Schupfnudeln an einer leichten Soße bringen. Oder was hältst du vom hausgemachten Wildschweinschinken …«

»Den Schinken«, sagte Paul gereizt. »Und ein großes Dunkles.«

»Für mich einen Silvaner«, fügte Katinka hinzu.

Kaum hatte der Küchenmeister sie allein gelassen, schob sie die Tischdeko beiseite und leerte den Inhalt ihrer schweinsledernen Tasche aus. »Aus dem Archiv«, sagte sie nur, doch Paul wusste sofort, worum es sich handelte: Lenas Akte!

»Es war ein Mammutprozess seinerzeit, von dem haufenweise Papierkram existiert. Ich habe bloß die meiner Meinung nach wichtigsten Unterlagen mitgenommen. Hauptsächlich Wortprotokolle von Lena. Insgesamt gab es im Verlauf des Falls ja drei Tote. Den Anfang machte ein Schreinermeister, der bei Renovierungsarbeiten im Dürerhaus auf ein vermeintliches Dürer-Original gestoßen war, das lange unentdeckt zwischen den Bodendielen verstaut war.«

»Ich erinnere mich«, meinte Paul beklommen. »Das Bild entpuppte sich später als Fälschung.«

»Korrekt. Zunächst aber gingen die Beteiligten davon aus, das ganz große Los gezogen zu haben. Denn ein echter Dürer wäre Millionen wert gewesen. Ich zitiere mal, wie Lena, die als Architektin auf der Baustelle das Sagen hatte, ihren Disput mit dem Schreiner vor Gericht geschildert hat:

›Das Bild muss sofort in Sicherheit gebracht werden, sagte ich zu ihm. Es war jahrhundertelang konserviert. Ihm drohten in der kühlen, feuchten Außenluft irreparable Schäden. Wir müssten uns mit dem Kurator des Germanischen Nationalmuseums in Verbindung setzen. Zufällig hätte ich sogar seine Handynummer dabei, sagte ich ihm. Aber der Mann schien mich gar nicht wahrzunehmen. Zumindest nicht als die, die ich war. Er starrte mich an und umklammerte das Bild mit zitternden Händen. Mir wurde die Situation immer unheimlicher. Ich kämpfte meine Furcht nieder und trat näher an ihn heran. Er wich zurück. Ich sagte ihm, dass er das Bild auf keinen Fall behalten könne. Ich sprach von der Bedeutung dieses historischen Fundes. Von der Ehre, die ihm allein gebühren würde. Doch ich verstand meine eigenen Worte kaum noch, solche Angst hatte ich vor dem unsicheren Ausgang dieser Situation. Ich hatte kaum mitbekommen, wie Densdorf sich einmischte.›«

Katinka blickte auf: »Densdorf, das war das spätere zweite Opfer, der Nürnberger Tourismusamtsleiter.« Sie zitierte weiter:

»›Er hatte die ganze Zeit wortlos im Hintergrund gestanden. Ich hatte den Amtsleiter fast vergessen. Jetzt war Densdorf plötzlich zwischen mir und dem Schreiner. Man mag meinen, dass ein Handwerker kräftig ist und sich wehren kann – aber Densdorf hatte den Überraschungseffekt auf seiner Seite. Er kannte keine Skrupel. Er war entschlossen. Nicht mehr zu bremsen. Es ging alles ganz schnell – oder wahrscheinlich auch nicht. Ich weiß es nicht mehr.›«

Hier endete Katinka vorerst. »Du siehst, Paul: Lena gab sich redlich Mühe, sich herauszureden und jede Verantwortung von sich zu weisen. Letztendlich erzielte sie einen Teilerfolg: Die Schuld am Tod des Schreiners konnte ihr nicht nachgewiesen werden.«

»Wohl aber die an Densdorfs Tod«, wusste Paul.

Katinka nickte und suchte sich die nächste relevante Seite aus dem Papierstapel. »Nach Lenas Darstellung war es Densdorf unter den Eindrücken der Nacht gelungen, sie zu überreden, den Dürer gemeinsam auf den Schwarzmarkt zu bringen. Ihre Motivation für ihre spontane Zusage begründete sie wie folgt:

»›Das Geld, das Densdorf und ich mit dem Bild machen konnten, hätte mir vieles ermöglicht. Ich hätte meinen alten Zielen und unerfüllten Träumen abschwören können und wäre zur unbeschwerten Weltenbummlerin geworden. Irgendwo in der Ferne wäre ich auf einen Gleichgesinnten getroffen, auf jemanden, der mich schätzt und meine Liebe teilt.‹ Doch bald kam es zum Bruch zwischen den beiden, denn Lena bekam – angeblich – Skrupel. Ich zitiere: ›Ich sagte zu ihm, dass dies alles verführerische Gedanken waren. Aber in Wirklichkeit bekam ich sehr schnell Angst und wollte einen Rückzieher machen. Schon am Tag nach dem Drama mit dem Schreinermeister wollte ich wieder aussteigen. Ich habe Densdorf gesagt, dass er sich der Polizei stellen und wir das Bild abgeben müssten. Selbst auf die Gefahr hin, dass Densdorf vor Gericht den wahren Ablauf zu seinen Gunsten verdrehen würde. Aber dann wurde mir klar, dass ich bereits viel weiter belastet war, als ich zunächst angenommen hatte. Ich hätte vor Gericht wahrscheinlich schlechte Karten gehabt.‹«

Katinka machte eine kurze Pause, als Jan-Patricks Frau Marlen die Getränke servierte. Dann berichtete sie von Lenas Aussage, Densdorf hätte sie erpresst. Letztlich habe sie keinen anderen Ausweg gesehen, als sich des Mannes gewaltsam zu entledigen. »Dazu sagte sie im Kreuzverhör mit der Staatsanwältin, also mir: ›Er hat mich erpresst. Schlicht und einfach. Mitgefangen, mitgehangen.‹«

»Der Ausgang ist bekannt«, sagte Paul. »Sie stieß den angetrunkenen Densdorf in die winterkalte Pegnitz.«

»Richtig. Obwohl Lena auch hier mildernde Umstände geltend machen wollte. Ich zitiere: ›Er taumelte ja ohnehin schon gewaltig. Ein Schubs war gar nicht nötig. Nennen Sie es meinetwegen unterlassene Hilfeleistung.‹ Der Richter sah es freilich anders und lastete ihr diese zweite Tat voll an. Zumal die dritte nicht lange auf sich warten ließ. Denn der nächste Erpresser stand schon in den Startlöchern.«

»Ja, ich erinnere mich sehr gut: Ein ehemaliger Kunststudent, den Alkohol und Drogen zum Sandler gemacht hatten, sollte für Lena die Echtheit des Dürers bestätigen, denn an offizielle Sachverständige konnte sie sich schlecht wenden. Der Kerl stellte Ansprüche und fand dasselbe Schicksal wie der Schreiner und der Tourismusboss: Auch er stürzte, auch er starb.«

»Am Ende war alles umsonst: Bei dem Dürer handelte es sich um eine – wenn auch meisterhafte – Fälschung, und Lena zog in die JVA ein«, beendete Katinka das Aktenstudium und griff zum Weinglas.

»Und als Sündenbock für das alles soll nun ich herhalten«, sinnierte Paul bedrückt.

»Ich fürchte, ja. Wie sich schon während der Prozesstage gezeigt hatte, versteht sich Lena ausgezeichnet darauf, die Gründe für das Unheil, zu dem sie maßgeblich und aktiv beigesteuert hat, bei anderen zu suchen. Sie sieht sich selbst einzig und allein als Opfer – und nun dich als den eigentlichen Täter und Hauptschuldigen an ihrem persönlichen Fiasko.«

8

»Ich habe Angst«, sagte Paul an einem Ort, der eigentlich nicht dafür geeignet war, ihm einen Teil dieser Angst zu nehmen. Doch Pfarrer Hannes Fink hatte an diesem späten Nachmittag hier unten im Keller des Pfarrhauses zu tun, und Paul suchte seine Nähe.

Zunächst ging Fink nicht auf Pauls Worte ein, sondern schritt stöbernd und suchend durch das Lapidarium, das Archiv voller steinerner Zeugen, eine Art Sebalder Unterwelt.

Das Licht war kalt, auf dem Boden lag ein Häuflein Scherben, die Reste eines Engels. Dessen Sturz musste heftig gewesen sein, durchfuhr es Paul: Eine Hand, ein Bein, ein Flügel lagen lose herum. In einem Regal gleich daneben ruhte ein Kopf, der zu einer Christusfigur gehört haben mochte, die Nase eingeschlagen, das Kinn gänzlich fehlend. Ein paar Schritte entfernt Reste von Holzbänken mit kirchentypischen Schnitzereien. Schön, aber nicht mehr zu gebrauchen. Ebenso wie die sandsteinerne Umfassung eines Wappens oder Bildes, die viel zu ramponiert wirkte, um sie je wieder ins Inventar der Kirche integrieren zu können. Eine Herberge für alte Steine, Skulpturen, Originale wie Abgüsse – oder vielmehr das, was von ihnen übrig war.

»Was suchst du eigentlich?«, fragte Paul, nachdem der Pfarrer keine Anstalten machte, sich um seinen Besucher zu kümmern.

In gebückter Haltung schlich Fink weiter wie der Wolf um seine Beute und begutachtete die verstaubten Zeitzeugen. »Weißt du, Paul, dieser fragmentarische Fundus unserer Kirchengeschichte befand sich früher mal in der Krypta, wurde dann aber hierher umgelagert. Seitdem kennt sich kein Mensch mehr aus: All die verstümmelten Statuen, die Überreste steinernen Zierrats warten darauf, dass jemand kommt und sich um sie kümmert. Es wäre schön, wenn man mal eine Bestandsaufnahme machen und das alles katalogisieren könnte. Doch dazu bräuchte man Zeit.«

Zeit. Ein gutes Stichwort, dachte Paul. Denn Zeit hatte auch er nicht: Diese Nacht noch, dann würde die nächste Postsendung eintreffen – mit einem Inhalt, den er sich so genau gar nicht vorstellen wollte. Doch die abgetrennten Gliedmaßen der herumliegenden Heiligenfiguren gaben ihm einen grausigen Vorgeschmack auf das, was auf ihn zukommen könnte.

Ein schwarz angelaufener Mann ohne Füße lag auf einem Brett und hielt ein Buch umklammert.

»Moses«, meinte Fink beiläufig.

Daneben eine weitere Figur, deren Arme fehlten.

»Petrus«, gab sich der Pfarrer überzeugt und erklärte: »Ich wohne über einem Keller voller Rätsel. Keiner kann sagen, wann welche Figur in der Sebalduskirche gestanden hat. Irgendwann wurden die Heiligen, die Engel, die Märtyrer von ihrem Standort verbannt. Weil sie beschädigt waren. Aber wohl auch, weil sich der Zeitgeist verändert hatte. Im 16. und 17. Jahrhundert erhielt St. Sebald eine barocke Ausstattung, die spätere Generationen nicht mochten. Vor allem Carl Alexander von Heideloff, Nürnbergs erstem offiziellen Denkmalschützer, lag um 1840 die Regotisierung sehr am Herzen. Für ihn bildete die Stadt ein mittelalterliches Gesamtkunstwerk, das nicht verschandelt werden sollte. Und auch bei den großen

Umbauten von 1888 bis 1906 wurde vieles verändert. Barockengel waren nicht länger gefragt und landeten im Lapidarium, wobei man nicht gerade zimperlich mit ihnen umging.« Fink seufzte. »Du siehst, Paul, alles ist im Fluss in unserem prächtigen Gotteshaus. Bis heute. St. Sebald ist eine Baustelle auf Ewigkeit.«

Auch wenn Paul den Trick durchschaute, gelang es seinem Freund mit seinem Exkurs in die Vergangenheit, seine Sorgen und die Beklommenheit für den Moment zu vertreiben. Tatsächlich ließ sich Paul von dem Sammelsurium an museumsreifer Sakralkunst ablenken und folgte Fink auf der Suche nach dem noch immer ungenannten Einzelstück.

Beide passierten ein Lager voller Kisten, darunter die originale Transportbox, in der während des Zweiten Weltkrieges die wertvollen Kaiser-Maximilian-Mosaikfenster gelagert hatten. Schließlich erreichten sie einen zerfurchten schwarzen Metallblock.

»Die Überreste der Kirchenglocke, die nach einem der Bombentreffer von 1945 abgestürzt ist«, sagte Fink und war offenbar am Ziel. Denn nun blieb er stehen, legte seine prankengroße Hand auf das kalte Metall und sah Paul eindringlich an.

»Ja?«, fragte dieser und wartete auf weitere Erklärungen.

»Paul, alter Freund: Sei ganz still und lausche. Dann wirst du die Glocke läuten hören.«

Paul sah sich zu einem schiefen Grinsen genötigt. »Willst du mich auf den Arm nehmen? Dieses Ding wird nie wieder einen Ton von sich geben.«

»O doch. Du musst nur bereit sein, dich dafür zu öffnen. Höre ganz tief in dich selbst hinein, dann wirst du auch empfänglich dafür sein, ihren Klang aufzunehmen.« Weil Paul immer noch nicht wusste, was er davon halten sollte, bekräftigte der Pfarrer: »Versuch es, Paul! Schließ deine Augen und lausche der Glocke. Du wirst sehen: Sie wird für dich klingen.«

Paul verzog ablehnend das Gesicht. Doch dann legte auch er seine Hand auf das zerfetzte Stück Gusseisen, spreizte die Finger und kniff die Augen zusammen. Er horchte in die Stille. Zunächst hörte er nur das leicht asthmatische Atmen des beleibten Pfarrers, dann drang das Pochen seines eigenen Herzens in sein Ohr, etwas später stellte sich ein helles Pfeifen ein, das wohl aus der Blutzirkulation in seinem Gehörgang resultierte. Nach und nach wandelte sich das Pfeifen in ein Klingen. Paul wollte es kaum glauben, doch das Klingen gewann an Intensität, wurde mal lauter und mal leiser, schwang hin und her, vom rechten ins linke Ohr und zurück. Es hörte sich beinahe so an, als würde ... eine Glocke läuten.

»Ich habe ihr den Namen ›Glocke der Hoffnung‹ gegeben«, raunte Fink ihm zu. »Ihre Botschaft lautet, niemals aufzugeben. Diese Botschaft solltest du dir zu Herzen nehmen, Paul. Gerade jetzt.«

9

»Was? Wer? Warum?« Paul schreckte aus dem Schlaf auf. Aufrecht saß er im Bett, sein Schlafanzug tropfnass vom Schweiß.

»Das Telefon«, versuchte ihn Katinka zu beruhigen.

Doch das war keine Beruhigung. Im Gegenteil! Paul sprang auf, hetzte zur Ladestation, riss den Hörer hoch.

»Ja«, brüllte er in den Apparat. Das wiederholte er zweimal und legte auf.

»Was ist los?«, fragte Katinka, die im seidenen Nachthemd auf dem zerwühlten Laken ihres Bettes kniete, das lange Haar zerzaust im Gesicht. »Wie spät ist es überhaupt?«

»Kurz nach fünf. Sie haben den Brief abgefangen. Oder vielmehr das Päckchen.«

»Ein Päckchen diesmal?«

»Damit war zu rechnen. Oder?«

»Du hast wohl recht, ja, das angekündigte Nikolausgeschenk«, sagte Katinka und schlug die Augen nieder.

»Sie bringen es ins Präsidium. Jemand vom Bombenräumkommando ist dabei.«

»Du meinst ... – das kann doch nicht sein.«

»Sie wollen kein Risiko eingehen, sagen sie. In einer halben Stunde können wir kommen und zusehen, wie sie es öffnen.«

Das Expertenteam hatte sich vergrößert. Schnelleisen, der die Verantwortung tunlichst auf mehrere Schultern verteilen wollte, zog mehr und mehr Kollegen aus anderen Dienststellen hinzu und hielt sich für Pauls Gefühl heute auffallend im Hintergrund, als der großformatige, offenbar wattierte Umschlag in der Mitte eines steril weißen Tisches im Polizeilabor platziert wurde. Die Atmosphäre war beängstigend, nicht nur wegen des Objekts ihres gemeinsamen Interesses, auch die Umgebung selbst trug ihren Teil dazu bei: ein fensterloser Raum im Keller des Präsidiums, dominiert von Neonlicht, sanitärweißen Fliesen und Luftabzugsröhren, die permanent ein dumpfes Dröhnen verursachten.

Ein Mann mit grau meliertem Haar, über dessen Bauch sich ein weißer Kittel spannte, nahm seine übergroße Schutzbrille ab und winkte die Umstehenden näher. »Ich kann Entwarnung geben: Von dem Objekt geht keine Gefahr aus. Wir können eine Sprengfalle ausschließen, ebenso Chemikalien und Sporen.«

Trotzdem machte niemand der Anwesenden Anstalten, sich des Umschlags anzunehmen und seinen Inhalt ans Licht zu bringen. Beklommenes Schweigen ging mit dem einvernehmlichen Senken der Köpfe einher.

Schließlich war es Katinka, die den Bann brach, entschlossen einen Schritt nach vorn machte und nach dem Umschlag griff. Sie hätte ihn ganz sicher aufgehoben und über dem Tisch ausgeleert. Doch Paul kam ihr zuvor, indem er seine Hände auf ihre legte und sie sanft beiseiteschob.

»Ich denke, das ist mein Job«, sagte er mit belegter Stimme und öffnete den Falz des Umschlags. »Ich bin es, an den der Brief adressiert ist, also sollte ich es keinem anderen zumuten, mir die Last abzunehmen und ...«

Weiter kam er nicht. Denn noch während er redete, hielt er das Kuvert schräg über die Tischplatte, sodass der Inhalt fast von selbst aus dem Umschlag rutschte.

Mit einem gedämpften »Plopp« kam ein walzenförmiger Gegenstand auf dem Holz auf, gleich darauf folgte ein eng beschriebenes Blatt Papier, das sanft zu Boden segelte.

Paul beachtete den Brief nicht, sondern starrte den Gegenstand an: Das Ding war vielleicht fünf oder sechs Zentimeter lang, nicht dicker als eine Nürnberger Rostbratwurst, eng umwickelt mit weißem Verband. An einem Ende wies der Verband eine bräunliche Verfärbung auf.

Entsetzt wandte Paul den Blick ab und fragte den Mann im Kittel: »Wenn Sie das Kuvert untersucht haben, wie Sie sagten, dann haben Sie es sicher auch geröntgt?«

Statt eine Antwort zu geben, nickte der Mann nur.

»Also wussten Sie, was da drin eingewickelt ist?«, fragte Paul eine Spur zu aggressiv.

Katinka stellte sich dicht an seine Seite. »Bitte erspare es dir, es auszuwickeln. Das sollen die Leute von der Forensik übernehmen«, sagte sie sanft.

Doch die Botschaft perlte von Paul ab. Wie ferngesteuert zog er ein bereitliegendes Paar Klarsichthandschuhe über, griff nach dem leicht gekrümmten Etwas und begann, den Verband Schicht für Schicht zu lösen. Es waren die schrecklichsten Minuten in seinem Leben und er fühlte sich hundeelend. Doch er sah sich verpflichtet, das zu Ende zu bringen, was er begonnen hatte.

Je weiter er den Verband löste, desto deutlicher trat die Struktur des Inhalts zutage: eine zierliche, schlanke Struktur, feingliedrig und zerbrechlich wirkend. Das Abwickeln jeder weiteren Schicht fiel Paul schwerer. Doch letztlich fiel die letzte dünne Lage des Verbandes auf die Tischplatte.

Zurück blieb – wie nicht anders zu erwarten, selbst wenn es Paul bis zuletzt nicht wahrhaben wollte – ein Finger. So dünn und grazil wie der eines Kindes. Doch der Nagel war gepflegt und in einem dezenten Rot lackiert. Kurz hinter dem Gelenkknochen wies der Finger einen glatten Schnitt auf, sauber abgetrennt wie ein Ast mit einer Heckenschere. Es stand für Paul außer Frage, dass es sich um einen Finger von Jasmin Stahl handelte.

Im Moment der Erkenntnis, als sich seine schlimmsten Erwartungen bestätigten und er der Ausweglosigkeit seiner Lage gewahr wurde, begann sich alles um ihn herum zu drehen. Er versuchte, den Schwindelanfall in den Griff zu bekommen. Doch zwecklos; ihm wurde schwarz vor Augen.

Als er zu sich kam, lag er auf den kühlen Fliesen des Labors. Schnelleisen hielt seine Beine nach oben, Katinka kniete neben ihm.

»Was ... was ist ...«, stammelte er.

»Du warst kurz weg«, sagte Katinka und strich ihm über die schweißnasse Stirn. »Das alles ist zu viel, um es verkraften zu können. Dazu der Schlafmangel, das wenige Essen ...«

»Der Finger!« Paul zog seine Beine an und entwand sich damit Schnelleisens Griff.

»... ist unterwegs in die Pathologie«, sagte Katinka. »Er muss natürlich untersucht werden.« Sie seufzte. »Aber ich fürchte, dass wir dadurch nichts erfahren, was wir nicht bereits wissen.«

Paul raffte sich auf. Noch immer fühlte er sich schwach und kaum imstande, auf den eigenen Beinen zu stehen. »Ist das nicht tödlich?«, fragte er unvermittelt.

»Du meinst das Abtrennen eines Fingers?«, erkundigte sich Katinka.

»Nein«, mischte sich Schnelleisen ein, »das glaube ich nicht. Zumindest, wenn man die Wunde richtig versorgt.«

Eine jüngere Kollegin ergriff das Wort: »Wundbrand könnte zu einem Problem werden. Unsere Entführerin muss über eine gut ausgestattete Hausapotheke verfügen, wenn sie das Spielchen fortsetzen will.«

»Wieso fortsetzen?«, fragte Paul entgeistert. Da ihm niemand antwortete und alle seinen Blick zu meiden schienen, wiederholte er drängender: »Was meinen Sie mit ›fortsetzen‹?«

Daraufhin reichte Katinka ihm wortlos, aber mit traurigen Augen den Brief, der zusammen mit dem Finger in dem Kuvert gesteckt hatte.

Paul nahm ihn mit zittrigen Händen entgegen und begann zu lesen. Bald fand er die Stelle, die ihn ebenso schockierte wie fesselte:

»... kam mir in den Sinn, dass die Haare vielleicht nicht ausreichen würden, um dich von meiner Entschlossenheit zu überzeugen. Du könntest ja auf den Gedanken kommen, dass ich nur bluffe? Dass ich nicht imstande wäre, dir das wirklich anzutun? Doch, Paul, ich bin durchaus imstande dazu! Und noch zu viel mehr! Du wirst schon sehen.

Deswegen möchte ich mein Versprechen wahr machen und dir eine besondere Freude zum Nikolaustag bereiten: Ich sende dir hiermit – als ein Zeichen meines starken Willens, aber auch als Beweis dafür, dass mir nicht nach Scherzen zumute ist – den rechten Zei-

gefinger deiner lieben Freundin Jasmin. Du kannst mir glauben: Es ist ihr nicht leicht gefallen, sich von ihm zu trennen. Sie hing an diesem Stückchen Fleisch, Haut und Knochen. Doch in ihrer Lage, gefesselt und fixiert, brachte ihr das Jammern und Flehen wenig.
Du hältst mich für kaltherzig? Für brutal? Nein, Paul, dein Urteil ist von kurzlebigen Emotionen getrübt. Überleg doch mal: Ich hätte deiner kleinen Freundin weitaus Schlimmeres antun können. Ich hätte sie weitaus umfassender verstümmeln, quälen und foltern können. Aber was tue ich? Ich gebe mich bescheiden und verlange ihr lediglich ein kleines, aber notwendiges Opfer ab. Einen Finger. Nur einen von zehn. Sag selbst, Paul: Ist das nicht fair?
Und keine Angst: Ich werde fair bleiben. Du bekommst weitere Gaben von mir. Jede einzelne wird so bescheiden ausfallen wie die erste. Wie soll ich sagen: nicht lebenswichtige Körperteile. Da gibt es so einige, die mich reizen. Lass dich überraschen: Du erhältst sie per Post.
Ach ja, ehe ich es vergesse: Am Ende muss ich dann doch rabiater werden, denn ich kann dieses Spielchen nicht ewig fortsetzen. Das wird der Moment sein, in dem meine Frist ins Spiel kommt.
Wenn das vierte Lichtlein brennt, dann darf auch deine Jasmin den weihnachtlichen Frieden des Advents genießen – und zwar den ewigen Frieden. Dann hat die Qual ein Ende für sie. Für alle Zeit.
Besinnliche Grüße!«

10

Paul fing Katinka vor dem hohen schmiedeeisernen Tor des Justizpalastes ab, dessen imposante Simse, Erker und Sandsteinbüsten mit Schnee überzogen waren. Nachdem er den ganzen Morgen vergeblich auf den täglichen Drohbrief gewartet hatte, war er in die U-Bahn gestiegen und zur Bärenschanzstraße gefahren, um die Mittagspause mit seiner Frau zu verbringen. Denn das Alleinsein empfand er derzeit als unerträglich.

Katinka, die einen dunkelbraunen, wadenlangen Wintermantel trug und eine flauschige Mütze tief über beide Ohren gezogen hatte, begrüßte ihn mit einem Kuss auf die Wange. Der fiel kurz und flüchtig aus, tat Paul aber dennoch unendlich gut.

»Was macht die Fahndung nach Lena?«, fragte er, obwohl er das Ergebnis heute Morgen schon von Kommissar Schnelleisen gehört hatte: nichts Neues. Auch in Augsburg war die Polizei auf keine Spuren der Ausbrecherin gestoßen.

Katinka, die sich in ihrem Job natürlich noch um etliche andere Fälle kümmern musste, brachte größtes Verständnis für Pauls Ungeduld auf und schilderte ihm ausführlich die Schwierigkeiten, die mit der Suche nach Lena Mangold verbunden waren. Dass sie weder ein bekanntes Handy benutzte, dessen Standort man lokalisieren könnte, noch in irgendeinem Hotel, einer Pension oder Jugendherberge gesehen worden war. Auch bei Taxifahrern, denen ihr Bild gezeigt wurde, hatten die Fahnder keinen Erfolg.

»Sie hat die Briefe in zwei verschiedenen Städten aufgegeben, demnach muss sie mobil sein. Aber niemand hat sie bisher gesehen, sie ist nicht zu fassen. Fast wie ein Geist«, umschrieb sie das Rätsel. Sie gingen die Straße entlang, vorbei am jüdischen Friedhof, hakten sich unter.

»Und die DNA-Probe des Fingers?«, wollte Paul wissen.

»Noch kein Ergebnis. Das braucht seine Zeit. Aber da die der Haare eindeutig war, rechnen wir mit keiner Überraschung.« Zu Pauls Überraschung schmunzelte sie. »Übrigens hat Schnelleisen, dieser unmögliche Typ, allen Ernstes angeregt, auf weitere Genanalysen zu verzichten. Denn jede einzelne belaste seinen Etat mit 4.000 Euro und schade seinem Sparhaushalt. Der Kerl schielt nur auf seine Karriere und glaubt, als Sparfuchs schneller aufsteigen zu können.«

Paul schaffte es nicht, darüber zu lachen. »Was habt ihr über Jasmins Reisepläne herausbekommen? Gibt es neue Erkenntnisse?«, fragte er, wohl wissend, dass er sich dabei an einen sehr dünnen Strohhalm klammerte.

»Es gibt wenig Hoffnung. Die Polizei hat ihre Verwandtschaft befragt, den Freundeskreis und natürlich die Kollegen. Niemand weiß, wann und wohin sie verreisen wollte. Am Airport Nürnberg steht sie auf keiner der Passagierlisten, von einem Bahnticket ist nichts bekannt und die Flusskreuzfahrtschiffe sind im Winter ja nicht unterwegs.«

»Da wäre sie wohl auch kaum an Bord gegangen«, meinte Paul, der sich Jasmin mit ihrer jugendlichen Art nicht im Kreise bootsfahrender Rentner vorstellen konnte. »Aber vielleicht ist sie spontan mit dem Auto aufgebrochen, ohne jemandem davon zu erzählen.«

»Ihr Wagen steht zwei Blocks von ihrer Wohnung entfernt. Wir haben ihn abschleppen und untersuchen lassen.«

»Ja, aber dann hat sie womöglich …«

Katinka blieb stehen und sah Paul an. »Mach dir doch nichts vor, Paul. Wie erklärst du dir, dass jede Spur von ihr fehlt, sie nicht ans Handy geht, auf keine Mail und keine Facebook-Nachricht reagiert? Dazu die Haare und den Finger? Wir müssen der Tatsache ins Auge blicken, dass Jasmin wirklich entführt wurde.«

Sie waren mittlerweile am ehemaligen Kommandantenhaus der reichsstädtischen Kavallerie angekommen. Über dem Eingang des zweigeschossigen Sandsteingebäudes mit rot-weiß gestreiften Fensterläden, das sich mittlerweile zu einer schicken Wohnanlage entwickelt hatte, prangten die Wappen verschiedener Patrizierfamilien wie die der Paumgartners, Fürers und Geuders, allesamt einst Kriegshauptleute der Reichsstadt, wie Paul wusste. Das Haus war in der Mitte einer sternförmigen Artilleriebastion aus dem Dreißigjährigen Krieg, der Bärenschanze, errichtet worden. Als Teil einer mehr als zwanzig Kilometer langen Verteidigungsanlage schützte die Bärenschanze das Gebiet westlich der Reichsstadt vor möglichen Angreifern, etwa den Armeen Wallensteins.

Paul, der sich momentan einen solch massiven Schutzwall für sich selbst wünschte – einen Panzer gegen die Ängste und Sorgen –, ließ seine Blicke über die ehemalige Stallung gleiten, betrachtete die Pferdekopfmedaillons auf der Fassade und sinnierte noch eine Weile über den geschichtsträchtigen Boden, auf dem er stand. Ihm kamen einzelne Brocken seiner historischen Kenntnisse in den Sinn, Versatzstücke, verteilt über mehrere Jahrhunderte: In den Kasernen, die hier einst standen, waren einst die Soldaten des Königlich Bayerischen Cheveaulegers-Regiments stationiert. Ein Begriff, der für die leichte Kavallerie stand und für die fränkische Zunge nur schwer auszusprechen war. Deshalb bezeichnete der Volksmund die berittenen Soldaten als »Schwolongscheers« oder kurz »Schwollis«. Die Einheit hielt sich, soweit Paul wusste, bis in die Zeiten des Ersten Weltkriegs hinein, wo sie schwere Verluste erlitt. Es folgte eine Nutzung durch die berittene Landespolizei, danach fielen die Bomben des Zweiten Weltkriegs. In den Fünfzigerjahren erlebte das Areal eine bescheidene neue Blüte als Sammelplatz für verschiedene Gewerbetreibende, wie einen Sanitärhandel, einen Fahrradladen und ein Möbelgeschäft.

»Flüchtest du mal wieder in die Vergangenheit?«, sprach ihn Katinka an und riss ihn aus seinen Gedanken.

Paul fühlte sich ertappt. »Ja. Immer wenn ich mich mit meiner Stadt und ihrer Geschichte beschäftige, hilft mir das zu entspannen. Es mag ja seltsam klingen, aber für mich ist das die beste Ablenkung.«

Katinka schenkte ihm ein liebevolles Lächeln. »Das weiß ich doch, Paul. Gerade deine kleinen Marotten sind es, die ich so an dir liebe.«

Paul griff nach ihrer Hand, die in daunendicken Fäustlingen steckte.

11

Der Tag zog sich wie Gummi. Stunde um Stunde hatte Paul auf den Anruf aus dem Kommissariat gewartet: auf die Meldung, dass ein weiterer Brief an ihn abgefangen worden sei. Doch heute war dieser Anruf ausgeblieben, und schließlich hatte es ihn nicht länger im Haus gehalten. Die Unruhe wuchs mit jedem Meter, den er sich dem Weinmarkt näherte. Inzwischen ging es auf den Abend zu. Die Post musste längst an ihre Adressaten verteilt worden sein, und selbst wenn es sich diesmal wieder um ein Päckchen handeln sollte – was Paul aus naheliegenden Gründen nicht hoffte! –, wäre es von den DHL-Leuten längst übergeben worden. Hatten die Polizisten, die Schnelleisen zum Abfangen von Lenas Botschaften abgestellt hatte, versagt? Hatten sie seinen Brief übersehen? Oder war der tägliche Umschlag aufgrund der vorweihnachtlichen Überbelastung der Postlogistik in Verzug geraten? Aber vielleicht wich Lena auch einfach vom Muster der täglichen Briefe ab. Ein zusätzlicher Dreh, um ihn mürbe zu machen?

Jedenfalls hatte Paul das Gefühl, er müsse sich selbst vergewissern. Er wollte den Briefkasten seines Fotoateliers höchstpersönlich aufschließen und mit eigenen Augen nachsehen. Das hatte er zwar schon heute früh und dann noch einmal kurz vor seinem Treffen mit Katinka am Mittag getan. Aber ein drittes Mal konnte auch nicht schaden, dachte er, während er sich die dunklen Straßen entlang durch ein aufkommendes Schneetreiben kämpfte, den Kragen seines Mantels hochgestellt, den Kopf eingezogen.

Seine Finger waren taub vor Kälte, und als er im Hausflur die Handschuhe ausgezogen hatte, musste er seine Hände kräftig reiben, bevor er fähig war, den kleinen Briefkastenschlüssel aus seinem Etui zu ziehen. Als er so weit war, konnte er das Zittern seiner Hände kaum unterdrücken und brauchte mehrere Anläufe, um das Schloss zu treffen.

Wie zu erwarten, fand er das Fach leer vor. Natürlich hatte auch die Polizei, der Paul einen Zweitschlüssel ausgehändigt hatte, längst nachgesehen und den Inhalt kontrolliert. Selbst unverdächtige Sendungen waren vorübergehend konfisziert worden. Er würde sie zu einem späteren Zeitpunkt zurückbekommen. Das war die stillschweigende Vereinbarung zwischen der Polizei und ihm.

Trotzdem bückte sich Paul, starrte in den schmalen Behälter und spähte bis in die letzte Ecke, ob nicht doch ein Fitzelchen Papier übersehen worden war. Er kam sich vor wie ein Süchtiger auf der Suche nach Stoff, als er den Kasten abschließend mit den Fingern abtastete und das Ganze dreimal wiederholte. Er gab erst auf, als sein Rücken in der gebückten Haltung zu schmerzen begann.

So ein perfider Schachzug, dachte er. Lena hatte tatsächlich gegen ihre eigene Regel verstoßen. Sie hatte die Kette des täglichen Terrors durchbrochen.

Warum?

Wollte sie ihn irritieren? Mehr noch, als sie es ohnehin schon tat? Wollte sie verhindern, dass er sich zu sehr an das tägliche Grauen gewöhnte, dass er abstumpfte und sich im Laufe der Zeit mit seiner eigenen Ohnmacht abfand? Oder aber hatte das Ausbleiben ihrer heutigen Botschaft ganz andere Gründe?

Paul merkte, wie ihm das Blut aus dem Kopf wich. Halt suchend tastete er nach dem hölzernen Knauf des Treppengeländers. Womöglich, durchfuhr es ihn, hatte Lena ihr bitteres Spielchen frühzeitig beenden müssen. Was, wenn Jasmin die Amputation des Fingers nicht überstanden hatte? Wenn Lena, der medizinische Laie, die Blutung nicht hatte stoppen können? Oder wenn eine Entzündung aufgetreten war? Wundbrand?

Alle möglichen Szenarien schwirrten durch Pauls Gedanken, während er langsam das Treppenhaus hinaufschlich. Im Dunkeln, denn die Beleuchtung war wieder einmal ausgefallen und der Vermieter zu geizig, um das marode Leitungsnetz endlich austauschen zu lassen.

Als Paul vor seinem Atelier stand und die Tür aufschließen wollte, wusste er selbst nicht genau, warum er überhaupt nach oben gegangen war. Es gab hier nichts für ihn zu tun, und zu Hause an der Kleinweidenmühle wartete sicherlich inzwischen Katinka auf ihn. Doch vielleicht würde es ihm guttun, sich eine Weile in seiner früheren Umgebung aufzuhalten, seiner alten Bleibe, der Junggesellenbude. Mit etwas Glück würde es ihm hier gelingen, abzuschalten und die Welt für eine Weile auszusperren. Mit noch mehr Glück würde er sogar noch eine Flasche dunkles Gutmann-Weizen im Kühlschrank finden, das für seine Entspannung nur förderlich sein könnte.

Er steckte den Schlüssel ins Schloss – und stutzte.

Der Schlüssel hakte. Er versuchte es erneut, doch wieder konnte er ihn nur zur Hälfte ins Schloss schieben. Paul ging leicht in die Knie, konnte in der Dunkelheit aber nichts erkennen. Mit einem weiteren blinden Versuch startete er einen dritten Anlauf und stockte erneut.

War da nicht eben ein Geräusch gewesen? Ein Knarren der Treppenstufen?

Paul drehte sich um und lauschte.

Nein, nichts. Er konzentrierte sich wieder auf das Türschloss. Doch da knarrte es erneut. Diesmal bestand für ihn kein Zweifel: Es hielt sich noch jemand im Treppenhaus auf. Da es sich um ein Geschäftshaus handelte, aus dem mit ihm der letzte private Mieter ausgezogen war, kam ihm das nicht geheuer vor. Denn zu dieser Uhrzeit sollten alle Büros und Kanzleien längst geschlossen sein.

Paul tastete sich bis zur Brüstung vor und rief: »Hallo! Wer ist denn da?«

Keine Antwort. Aber das Knarren hörte abrupt auf.

Noch einmal machte er sich laut bemerkbar: »Ist da wer?«

Nachdem sich nichts rührte, wandte er sich achselzuckend ab und traktierte weiter sein Türschloss. Der Schlüssel hatte sich dermaßen verhakt und verkantet, dass er sich weder vor- noch zurückschieben ließ. Leise fluchend rüttelte Paul daran, ohne ein Resultat zu erzielen.

Das nächste Geräusch kam aus größerer Nähe. Paul fuhr blitzschnell herum, angespannt wie ein Flitzebogen. Er starrte ins Schwarz des unbeleuchteten Flurs und erkannte – nichts.

»Hallo?«

Wieder kehrte geisterhafte Stille ein. Eine Stille, die Paul als trügerisch und bedrohlich empfand. Instinktiv nahm er eine gebückte Haltung ein und streckte angriffslustig die geballten Fäuste aus.

Durch ein Seitenfenster fiel das schwache Licht einer Straßenlaterne und tauchte zumindest den äußeren

Rand des Treppenhauses in ein diffuses Licht. Paul konzentrierte seinen Blick auf diesen Bereich und meinte, die Andeutung einer Silhouette zu erkennen, den Schattenriss einer menschlichen Gestalt.

»Wer sind Sie?«, rief Paul ins Nichts und wurde von beklemmenden Angstgefühlen wie in Kindertagen geplagt.

Keine Antwort. Nur absolute Stille.

»Lena? Bist du das etwa?«

Nichts.

»Lena, meine Güte! Wenn du das bist, komm her zu mir! Du musst das beenden! Hör auf mit dem Unfug! Ehe es zu spät ist!«

Pauls Appelle verhallten im Leeren. Er sprach mit den Wänden, und das wurde ihm bewusst, als sich eine, zwei und drei Minuten später immer noch nichts tat.

Noch immer angespannt vor seiner Ateliertür stehend, registrierte er, wie plötzlich das Deckenlicht aufflackerte. Geblendet hielt er sich die Hand vor Augen. Dann sah er, dass er allein im Flur stand. Kurz darauf hörte er Schritte die Treppe heraufkommen.

Wie? Was? Paul war völlig perplex, als er Victor Blohfeld vor sich auftauchen sah, der schnaufend die letzten Stufen nahm.

»Die Beleuchtung ist eigentlich kaputt«, stammelte Paul, während er den hageren Boulevardreporter verstört ansah.

»Man muss den Knopf nur richtig drücken«, sagte dieser lapidar.

»Mein Gott, Blohfeld, was schleichen Sie hier herum? Sie haben mich höllisch erschreckt.«

»Genauso gut könnte ich Sie fragen, warum Sie sich hier oben im Dunkeln verstecken. Wen wollten Sie denn erschrecken?« Als eine Antwort ausblieb, fragte der schlaksige Reporter: »Wie sieht es aus? Bitten Sie mich in Ihr Atelier oder müssen wir uns im Flur weiter unterhalten?«

»Der Schlüssel klemmt.«

»Lassen Sie mal sehen.« Blohfeld drehte beherzt daran, schon klackte das Schloss und die Tür sprang auf. »Sie haben es heute wohl nicht so mit der Technik, was?«

In Pauls Loft, das es seit seinem Auszug an Gemütlichkeit missen ließ und zum zweckmäßigen Fotostudio umfunktioniert worden war, setzten sie sich auf zwei Barhocker an der Küchenzeile. Während Paul beiden ein Glas Bier einschenkte, ließ Blohfeld den Grund für seinen Spontanbesuch anklingen: Er hatte sich wohl Sorgen gemacht, weil er so lange nichts von Paul gehört hatte.

»Viel um die Ohren«, versuchte Paul eine Erklärung, warum er sich seit einer Woche nicht mehr – wie sonst üblich – in der Zeitungsredaktion hatte blicken lassen, um nach Fotoaufträgen zu fragen. Keinesfalls durfte er dem Reporter die Wahrheit sagen, denn sowohl Schnelleisen wie auch Katinka legten allergrößten Wert darauf, den Entführungsfall so lange wie möglich vor der Presse zu verbergen. Dem konnte sich Paul nur anschließen, denn Medienrummel wäre das Letzte, was er jetzt noch brauchte.

Zu seiner Erleichterung schien der Reporter keinen Verdacht zu schöpfen, denn er fragte: »Kriselt es wohl schon in der jungen Ehe?«

»Nein, bei Katinka und mir ist alles okay. Wir haben nur beide viel zu tun. Der übliche Vorweihnachtsstress.«

Blohfeld strich sich eine Strähne seines aschgrauen Haars aus der Stirn und blickte Paul forschend an. »Das hört sich nicht gerade überzeugend an. Geben Sie es doch zu: Sie haben Krach zuhause. Das erklärt auch, warum ich Sie hier in Ihrem Atelier und nicht im neuen heimeligen Nest bei Frauchen am Kamin angetroffen habe.«

»Quatsch. Ich bin nur mal hier, um nach dem Rechten zu sehen.« Paul fragte sich, wie er dem Reporter begreiflich mache konnte, dass er auf dem Holzweg war, ohne ihm zu viel von der Wahrheit zu verraten.

»Mir brauchen Sie nichts vorzumachen, Flemming«, raunte ihm Blohfeld zu und stieß ihn kumpelhaft an. »Ich weiß, wie das ist mit den Frauen.«

Paul konnte nicht anders, als ein kurzes Lachen auszustoßen. »Ausgerechnet Sie.«

Blohfeld straffte seine Schultern und sah ihn beleidigt an. »Ja, ich, junger Freund. Ich wusste schon, wie die Frauen ticken, da haben Sie noch in die Windeln gemacht. Daher lege ich Ihnen butterwarm ans Herz, es niemals zu vergessen: Auf jede schöne Frau kommt ein Typ, der die Schnauze voll hat von ihrem Scheiß. Sie sind also nicht allein mit Ihren Zweifeln, mein Freund. Die Männerwelt steht fest zu Ihnen.«

»Lächerlich«, meinte Paul. »Wenn ich mich nicht täusche und Sie Ihr Leben nicht innerhalb der letzten vierundzwanzig Stunden komplett umgekrempelt haben, sind Sie immer noch Junggeselle, können folglich nicht mitreden und schon gar keine klugen Tipps geben. Und das mit Mitte fünfzig.«

»Anfang fünfzig«, stellte Blohfeld sogleich klar. »Abgesehen davon, dass ich genügend Gelegenheiten gehabt hätte, mich dauerhaft zu binden, können Sie meine Erfahrungen mit Frauen nicht daran ablesen, ob ich einen Ehering trage oder nicht.«

»Woran dann?«, stichelte Paul, dem Blohfelds Prahlerei zu dumm wurde. »An Ihren zahlreichen Affären, von denen ich merkwürdigerweise noch nie eine zu Gesicht bekommen habe?«

Blohfeld, augenscheinlich sehr überrascht von Pauls Forschheit, kniff eingeschnappt die Augen zusammen und blaffte: »Sie haben ja auch gut reden! Der fränkische George Clooney knackt natürlich die Frauenherzen am Fließband. Ihre schöne Staatsanwältin ist nur der Milchschaum auf Ihrer Weibermelange. Führen einem eine Schönheit nach der anderen vor. Da muss man ja neidisch werden und ein bisschen stänkern.«

»Sie übertreiben. Ich habe nicht mehr Chancen als jeder Durchschnittsmann. Abgesehen davon kann man sich sein Aussehen nicht aussuchen. Sein Benehmen aber sehr wohl!«

»Von wegen! Ich möchte nicht wissen, wie viele Ihrer Models Ihnen schon Avancen gemacht haben. Dazu kommen die echten Klassefrauen, die ich Ihnen noch nie gegönnt habe. Zum Beispiel diese Architektin, wie hieß sie noch? Lena, oder? Ist sie damals nicht sogar Ihretwegen in den Knast gewandert?«

»Hören Sie auf, Blohfeld«, sagte Paul.

»Oder die pfiffige Kommissarin, das sportliche Rotkäppchen: Jasmin Stahl – auch eine Frau, die man Ihnen missgönnen kann.«

»Lassen Sie's endlich gut sein«, forderte Paul den anderen auf. »Was Sie da reden, ist weder lustig noch originell. Ich bin mit Katinka sehr glücklich und lasse mir meine Ehe von Ihnen nicht kaputtreden.«

Blohfeld trank einen Schluck, wischte sich über den Mund und meinte: »Sei's drum! Machen Sie doch, was Sie wollen! Das tue ich ja auch. Der einzige Grund, aus dem ich heiraten würde, wäre die vage Aussicht auf lebenslangen Gratissex. Aber wenn ich daran denke, was eine Ehefrau an Unterhalt verschlingt, fahre ich wohl günstiger, wenn ich weitermache wie bisher und ab und zu ins Freudenhaus gehe.«

Paul schmunzelte bemüht. »Sie sind unverbesserlich, Blohfeld, aber wenigstens ehrlich.« Dann täuschte er ein Gähnen vor. »Nichts für ungut, ich habe einen stressigen Tag hinter mir. Ich sperre hier ab und gehe heim.«

»Ich habe mein Bier noch nicht ausgetrunken«, protestierte der Reporter, den es im Gegensatz zu Paul wohl nicht nach Hause zog.

»Nehmen Sie es mit für unterwegs«, meinte Paul und erhob sich von seinem Barhocker.

Unter Protest schloss Blohfeld sich ihm an und begleitete ihn in den Flur. Sie passierten das Poster mit der Mokkabraunen, als Pauls Blick auf etwas schmales Weißes fiel, das unter dem Schuhschrank hervorlugte. Paul bückte sich danach und hielt einen Umschlag in den Händen. Er musste durch den Briefschlitz der Wohnungstür eingeworfen worden und unter den Schrank gerutscht sein.

Paul erkannte sofort die charakteristische Handschrift von Lena auf dem Adressfeld und meinte, sein Herzschlag würde aussetzen.

»Ist was?«, fragte Blohfeld und wechselte mit seinen Blicken irritiert zwischen Pauls bleichem Gesicht und dem Kuvert in seinen zitternden Händen.

»Nein. Nichts.« Paul bekam diese beiden Worte kaum heraus, so schnell wuchs der Kloß in seinem Hals.

»Ein verirrter Liebesbrief?«, mutmaßte Blohfeld und schlug vor: »Schnuppern Sie mal dran, ob er in Parfüm getränkt wurde.«

Paul machte nicht viel Federlesens und schob den verdutzten Reporter mit beiden Händen aus seinem Atelier ins Treppenhaus. Mit einem knappen »Servus!« schlug er ihm die Tür vor der Nase zu.

Dann schwanden ihm die Kräfte. Mit dem Rücken an der Wand ließ er sich auf den Boden gleiten und starrte auf den Brief. Er trug weder eine Marke noch einen Stempel. Das konnte nur eines bedeuten: Jemand hatte ihn von Hand bei ihm eingeworfen. Lena selbst?

12

Er wartete so lange, bis die schweren Schritte des schimpfend abziehenden Reporters im Treppenhaus verhallt waren. Erst dann verließ Paul selbst die Wohnung, um sich mit Lenas Brief in der Hand auf den direkten Weg zum Polizeipräsidium zu machen.

Unterwegs begegnete er auf Schritt und Tritt Vorboten der Festtage. Die friedvolle Atmosphäre, die der festlich illuminierte Weihnachtsschmuck überall in der Stadt erzeugte, und sogar der Schnee kamen Paul fehlplatziert vor. Ihm stand der Sinn nicht nach adventlicher Gefühlsduselei, solange er Stunde um Stunde um Jasmins Leben bangte und sich dabei so hilflos ausgeliefert vorkam.

Zu seiner Verwunderung war Kripochef Schnelleisen trotz der fortgeschrittenen Stunde noch im Dienst und holte Paul an der Hauptpforte des Präsidiums ab. Er machte nicht gerade einen zufriedenen Eindruck. Paul vermutete, dass der Kommissar vom Polizeipräsidenten dazu gedrängt worden war, den Fall schleunigst zu klären und dafür nötigenfalls Überstunden in Kauf zu nehmen.

»Sie ist in der Stadt!«, sagte Paul und wedelte aufgeregt mit dem Brief. »Er lag in meinem Atelier, kam nicht mit der Post. Lena muss ihn selbst bei mir eingeworfen haben!«

Schnelleisen, der ein straffes Tempo vorlegte, um zurück in sein Büro zu kommen, ließ nicht die Erregung erkennen, die Paul sich erhofft hatte. »Keine Briefmarke drauf? Das muss nichts heißen. Vielleicht hat sie einen Boten oder Kurierdienst beauftragt.«

»Warum sollte sie? Sonst hat sie immer die Post benutzt«, entgegnete Paul, der mit Schnelleisen kaum Schritt halten konnte.

»Jedenfalls ist damit nicht bewiesen, dass sich Frau Mangold in der Stadt aufhält.«

»Aber es ist möglich!«, rief Paul so laut, dass er sich einen abschätzigen Blick des Ermittlers einfing. »Vielleicht liegt sie ganz in der Nähe auf der Lauer!«

»Glaub ich nicht«, meinte Schnelleisen lapidar. »Sie könnte sich ausrechnen, dass wir sie sehr bald fassen würden. So dumm ist sie nicht.«

»Was wissen Sie denn über Lena?«, fragte Paul, verärgert über die Sturheit des anderen. »Sie können sich in ihr Denken und ihre Gefühlslage überhaupt nicht hineinversetzen!«

»Doch, kann ich«, meinte Schnelleisen trocken und stieß die Tür seines Büros auf. Drinnen erwarteten sie zwei Mitarbeiter, die Paul bereits von seinen früheren Besuchen kannte, und ein neues Gesicht: eine Frau von etwa dreißig Jahren mit wuscheligem dunkelblondem Haar und intelligenten Augen hinter kleinen ovalen Brillengläsern. Die Frau trug Zivil, wirkte auf Paul aber nicht wie eine Kriminalbeamtin.

»Darf ich vorstellen«, sagte Schnelleisen mit gewichtiger Geste. »Herr Flemming, der Empfänger der Drohbriefe. Und das ist Frau Dr. Götz, Psychologin und Neurokriminologin. Sie hat uns soeben das Seelenleben der Mörderin und Geiselnehmerin Lena Mangold erklärt. Sie sind also nicht mehr der Einzige, der sich einbildet, die Gesuchte inwendig zu kennen, Herr Flemming.«

Paul musste sich nach dieser Vorstellung erst einmal

sortieren, bevor er den Brief hochhielt. »Was unternehmen wir jetzt?«

Schnelleisen nahm ihm das Kuvert ab. »Schon geöffnet«, stellte er fest. »Haben Sie ihn gelesen?«

»Ja, auf dem Weg hierher«, antwortete Paul. »Es steht nichts Neues drin. Nur weitere Vorhaltungen und die Drohung, dass sie bald die nächste Überraschung abschickt.«

»Gut. Ich gebe ihn ins Labor und lasse unsere Streifen verstärkt im Burgviertel nach ihr Ausschau halten – auch wenn ich nicht glaube, dass wir Frau Mangold vor Ihrer Haustür auflesen werden.« Damit ging der Kommissar zurück zur Tür, wohl um sich auf den Weg in die Einsatzzentrale zu machen. »Unterhalten Sie sich doch mit Frau Götz, solange ich fort bin.«

Paul wandte sich der Psychologin zu und sah sie etwas verlegen an. Das von Schnelleisen aufgezwungene Gespräch behagte ihm nicht.

Doch Frau Dr. Götz erwies sich als sympathische und aufgeschlossene Frau, die Paul ihre schmale Hand reichte und sagte: »Schön, Sie kennenzulernen. Obwohl ich mir vorstellen kann, dass Sie zur Zeit durch die Hölle gehen.«

»Das kann man wohl sagen«, sagte Paul. »Das Wort ›Hölle‹ trifft es auf den Punkt.« Er wies auf die Akten, die auf dem Tisch lagen, und erkundigte sich: »Sind das Ihre Analysen von Lena?«

»Ja«, sagte Dr. Götz mit freundlicher, heller Stimme. »Wir haben das Glück, dass Frau Mangold vor einiger Zeit an einem freiwilligen Screening teilgenommen hat, das wir in verschiedenen Justizvollzugsanstalten durchgeführt haben.«

»Ein Screening? Was soll ich mir darunter vorstellen?«

»Es handelt sich um Kernspinaufnahmen, von denen wir uns gewisse Aufschlüsse über neurologische Vorgänge in den Gehirnen von Schwerverbrechern erhofft haben.«

»Sind Sie fündig geworden?«

»Allerdings!« Sie nahm eine Aufnahme zur Hand, die Paul an den Ausdruck eines Ultraschallgeräts erinnerte, nur dass die Auflösung viel höher und das Bild farbig war. »Die Kernspinaufnahmen zeigen, dass Frau Mangold überraschend wenig Gehirnsubstanz in zwei wichtigen Arealen hat: im vorderen cingulären Kortex sowie in der sogenannten Insel. Diese Regionen werden mit der Steuerung und Beherrschung aggressiven Verhaltens und dem Verlust von Hemmungen in Verbindung gebracht.«

»Wenig Hirnsubstanz?«, fragte Paul irritiert. »Aber Lena ist alles andere als blöd!«

Dr. Götz nickte. »Ihrer Intelligenz tut das auch keinen Abbruch. Wir sind aber noch auf weitere strukturelle Defizite gestoßen: Das Volumen der Nervenzellen im vorderen Teil ihres Gehirn liegt um elf Prozent unter dem Durchschnitt. Dort, im präfrontalen Kortex, sitzen höchstwahrscheinlich das Gewissen und die Kontrollstellen für Emotionen und Impulse.«

»Soll heißen?«

»Es sieht so aus, als sei bei Frau Mangold die Notbremse für abweichendes Verhalten defekt.«

»Wie können Sie das so einfach sagen?«

»Sie ist kein Einzelfall: Ähnliche Diagnosen konnten wir auch bei anderen Gewalttätern erstellen, die sich im Kernspintomografen durchleuchten ließen.«

»Und diese Defizite im Hirn machen einen Menschen zum Unmenschen?« Paul klang zweifelnd, doch Frau Götz nickte bestätigend:

»Sobald jemand diese Personen reizt, geraten sie außer Kontrolle.«

»Aber Lena hatte früher immer einen ruhigen, besonnenen Charakter«, hielt Paul dem entgegen. Doch dann dachte er an die teils heftigen Streite, die er mit ihr ausgefochten hatte, wenn es einmal gegen ihren Willen gegangen war.

Dr. Götz legte die Aufnahmen beiseite und sagte ruhig. »Die Scans sind nur eine Informationsquelle, die beim Verständnis der Gehirnfunktionen hilft. Um herauszufinden, ob jemand tatsächlich psychopathisch veranlagt ist, sind ausführliche Gespräche mindestens genauso wichtig ...«

»Schön und gut. Aber um solche Gespräche führen zu können, müssten wir Lena Mangold erst einmal haben«, fiel ihr Schnelleisen ins Wort, der zurück in den Raum polterte. »Vorläufig bleiben uns nur ihre Gehirnscans – und die besagen nichts Gutes. Wir müssen mit dem Schlimmsten rechnen und die Möglichkeit in Betracht ziehen, dass Lena Mangold ihre Geisel opfern wird, wenn der Tag gekommen ist.«

»Aber dann würde sie mit Vorsatz handeln. Ich weiß, ich habe mich in vielem geirrt, was Lena betrifft, aber ich glaube noch immer nicht, dass die Rolle der kaltblütigen Mörderin zu ihrem Selbstverständnis passt«, gab Paul zu bedenken.

»Sie würde sich auch nicht als Mörderin sehen. So wie Sie, wenn Sie mal die Unwahrheit gesagt haben, nicht von sich behaupten würden, dass Sie ein Lügner sind. In der Psychologie heißt das ›systematischer Attributionsfehler‹. Wer sein eigenes Handeln beschreibt, sucht die Gründe dafür in den äußeren Umständen.«

»Mit anderen Worten: Lena ist zu allem fähig.«

»Ja. Im Guten wie im Schlechten.«

13

Paul fühlte sich abgekämpft und desillusioniert, als er gegen Mitternacht zu Hause an der Kleinweidenmühle eintraf. Unter normalen Umständen hätte Katinka um diese Zeit längst geschlafen, doch sie teilte nicht nur seine Sorgen, sondern auch die damit einhergehende Unruhe, und saß hellwach vor dem Fernseher. Im seidenen Pyjama, die Beine in Yogahaltung verschränkt, ließ sie ihren Rücken vom Kaminfeuer wärmen.

Er berichtete ihr knapp von dem neuen Brief und der Tatsache, dass er per Hand bei ihm eingeworfen worden war, sowie von dem Gespräch mit der Polizeipsychologin. Letzteres schien Katinka nicht zu überraschen.

»So, wie ich Lena damals im Schwurgerichtssaal erlebt habe, traue ich ihr die notwendige Kaltblütigkeit durchaus zu«, sagte sie. »Tut mir leid, aber dein nach wie vor etwas liebevoll verklärtes Bild von dieser Frau kann ich nicht teilen. Du musst dich damit abfinden, dass es sich bei Lena Mangold um eine verurteilte Mörderin handelt – um eine, bei der der Resozialisierungsprozess nicht mal ansatzweise eingesetzt hat. Diese Frau ist brandgefährlich, Paul.«

Niedergeschlagen setzte er sich neben sie. »Ja«, sagte er leise. »Das weiß ich jetzt auch. Eigentlich hätte ich es viel früher einsehen müssen. Aber ich kannte sie viel zu gut, um meine alte Meinung über sie einfach über Bord zu werfen.«

»Offenbar ja nicht. Wie sich jetzt herausstellt, hast du sie ganz schön falsch eingeschätzt! Was war denn das für eine Meinung? Doch wohl eine von erotischen Gefühlen fehlgeleitete.«

Paul schlug die Augen nieder. »Du weißt doch selbst, was ich mal für Lena empfunden habe. Ich will und kann dir da nichts vormachen. Es war Liebe.«

»Liebe, ja, aber eine heikle Art von Liebe«, meinte Katinka mit belegter Stimme.

Paul sah sie an und bemerkte, wie das flackernde Kaminlicht ihr Haar in wechselnden Farbvarianten zum Leuchten brachte. »Das war ja das Interessante: das Spiel mit dem Feuer ... – ich habe es genossen«, versuchte er seine Emotionen von einst zu erklären. »Menschen wie Lena sind Grenzgänger, sie sind meist sehr kreativ und für vieles offen. Doch sie können einen auch an den Rand des Abgrunds führen. Nun, ich musste meine schmerzlichen Erfahrungen damit machen und hätte gern vermieden, dass weitere hinzukommen.«

»Zu spät, Paul«, sagte Katinka matt. »Zu spät.«

Im Stillen stimmte Paul seiner Frau zu. Es war nicht möglich, die Fehler der Vergangenheit auszuradieren. Davon abgesehen war er sich jedoch gar nicht so sicher, ob er sich – unter ähnlichen Umständen wie vor sieben Jahren – nicht erneut in ein solches Abenteuer gestürzt hätte. Niemand kam gegen sein eigenes Naturell und seine Neigungen an, schon gar nicht Paul.

Er wollte die schwermütig stimmende Unterhaltung mit dem Vorschlag beenden, für heute Schluss zu machen und ins Bett zu gehen, als er den Vibrationsalarm seines Handys in der Hosentasche spürte. Verwundert über den späten Anruf zog er es heraus, sah aufs Display – und stierte aus weit aufgerissenen Augen auf die Anzeige.

Zwei oder drei Sekunden lang saß er bewegungslos. Dann löste er sich aus der Starre und rief: »Sie ruft an!« Dabei rempelte er Katinka versehentlich so stark an, dass sie einen schmerzvollen Schrei ausstieß.

»Wer ruft an?«, fragte sie und rieb sich den Arm.

Paul wendete das Handy, sodass sie es selbst lesen konnte: »Jasmin Stahl!«

»Was?« Diesmal bewegte sich Katinka so hektisch, dass sie Paul das Handy um ein Haar aus der Hand geschlagen hätte. »Geh ran!«

Paul zögerte und fragte: »Meinst du, sie hat sich befreien können? Ist sie abgehauen?«

»Nun geh schon ran!«, wiederholte Katinka und machte Anstalten, ihm das Handy abzunehmen.

Doch er drückte selbst die Taste und hielt den Apparat an sein Ohr. »Ja?«, fragte er zaghaft. »Bist du das wirklich?«

Für einen Moment herrschte Schweigen. Lediglich ein feines Rauschen ertönte aus dem Handy. Aber dann meldete sich eine Stimme, die Paul lange nicht mehr gehört hatte, jedoch sofort wieder erkannte: die von Lena!

»Damit hast du nicht gerechnet, was?«, fragte sie und klang dabei entspannt und selbstsicher. »Es ist Zeit, die Maske fallen zu lassen. Kennst du meine Stimme noch?«

»Lena, verdammt, was hast du mit Jasmin angestellt?«, platzte es aus Paul heraus, kaum dass er den ersten Schock überwunden hatte.

Aus dem Augenwinkel registrierte er, wie Katinka unverzüglich reagierte: Wie sie aufsprang, zur Anrichte lief, nach dem Festnetztelefon griff, eine Nummer eintippte.

»Noch nichts«, antwortete Lena auf Pauls Frage. »Jedenfalls nichts besonders Schlimmes.«

»Nichts Schlimmes?«, brüllte Paul. »Du schneidest ihr Finger ab! Du verstümmelst sie! Was, um Himmels willen, hat sie dir getan?«

»Gar nichts. Na ja, bis auf die Kleinigkeit, dass sie für kurze Zeit ein Verhältnis mit dem Mann meines Lebens hatte.«

»Ich bin nicht der Mann deines Lebens! Schlag dir das endlich aus dem Kopf!«

»Aber was redest du da? Wir beide waren viele schöne Jahre befreundet und mehr. Viel mehr! Ich habe dich geliebt, Paul, und du warst durchaus bereit, meine Liebe zu teilen, zumindest für eine Weile, streite das bloß nicht ab. Ich habe das für den Auftakt einer großartigen Beziehung gehalten. Ich wollte mit dir eine Familie gründen, all das Glück dieser Welt erleben und gemeinsam mit dir alt werden. Das klingt abgedroschen? Da hast du wohl recht, denn wie sich ja herausstellte, blieb dieses Leben eine naive Wunschvorstellung von mir. Du warst mehr als nur einmal ganz nahe dran, mit mir zu schlafen, hast dann aber entschieden, dass wir nur gute Freunde sein sollten. Kumpels.«

»Ja, und mehr habe ich dir nie versprochen!«

»Aber das war mir zu wenig, Paul – und ist es bis heute! Ich lasse mich nicht abschreiben, und ich gebe mich nicht damit zufrieden, dass ich nur die zweite Geige gespielt habe. Ich war doch nur dein Notnagel, wenn du mal wieder deinen Frust bei mir abladen wolltest. Das Schlimmste, Gemeinste, Böseste und Kränkendste aber kam erst später: nachdem du mich wegen der Dürer-Affäre der Polizei überstellt hattest, ich verurteilt wurde und in die Justizvollzugsanstalt einziehen musste. Du, Paul, der du deinen ganz persönlichen Anteil daran hattest, mich zur Mörderin zu machen, hast mich in dem Moment einfach aus deinem Leben gestrichen, als mich die Bullen in den Polizeiwagen gesteckt und weggefahren haben. Seit diesem Tag habe ich nie wieder von dir gehört, keine Zeile von dir gelesen, geschweige denn dich gesehen. Du hast an keinem Verhandlungstag teilgenommen, mich nicht in der Haft besucht, mir nicht die kleinste Botschaft zukommen lassen. Du hast mich fallen gelassen wie eine heiße Kartoffel. Nach allem was uns verbunden hat, und obwohl du genau weißt, dass ich keine kaltblütige, auf ihren Vorteil bedachte Mörderin bin, sondern durch widrige Umstände zu den Taten getrieben wurde, für die man mich so lange büßen lassen wollte.«

»Lena, lass mich erklären ...«

»Aber jetzt bist du derjenige, über den geurteilt wird: für deinen Mangel an Mitgefühl, die verratene Freundschaft und dafür, dass du mein Leben zerstört hast. Ich werde dich brechen, Paul, und dafür sorgen, dass du nie wieder glücklich wirst. Immer sollst du daran denken, was du getan hast, und es bis an dein Lebensende bereuen. Wie gern würde ich sehen, wie du dich selbst geißelst und an deinen Schuldgefühlen langsam zugrunde gehst.«

Paul schnappte nach Luft, versuchte seinen Tonfall ruhig zu halten: »Ich verstehe deinen Zorn auf mich. Aber Jasmin hat damit nichts zu tun. Ich bitte dich inständig: Lass sie gehen. Gib Jasmin frei!«

Er bemerkte, wie Katinka wild gestikulierend ins Telefon sprach, ohne dabei den Ton anzuheben. Versuchte sie, Jasmins Handy orten zu lassen?

»Den Gefallen kann ich dir nicht tun, Paul«, sagte Lena und klang dabei seelenruhig. »Denn damit würde ich mein einziges Druckmittel preisgeben. Es tut mir leid für dich, aber deine Jasmin bleibt vorerst dort, wo sie ist. – Nein, in Wahrheit tut es mir nicht leid für dich.«

»Hör wenigstens auf, ihr wehzutun«, flehte Paul.

»Oh, wie fürsorglich von dir. Um mich hast du dir nie solche Sorgen gemacht. Hast du eigentlich eine Vorstellung davon, wie schlecht es mir im Knast gegangen ist? Nein? Ich wette, du hast in den letzten Jahren keinen einzigen Gedanken daran verschwendet, wie es mir gehen könnte.«

»Du hast ja recht. Ich habe mich mies benommen. Ich hätte dich besuchen sollen. Aber was macht das für einen Sinn, wenn du deine Wut auf mich an einer völlig Unbeteiligten auslässt?«

»Tu nicht so scheinheilig und spar dir die dummen Fragen. Du musst es doch längst durchschaut haben: Jasmin ist nur Mittel zum Zweck. Ich habe sie ausgewählt, weil meine Chancen besser standen, mit ihr fertig zu werden als mit dir. Machst du eigentlich immer noch dein morgendliches Hanteltraining?«

»Tausch mich gegen Jasmin ein!«, sagte Paul spontan. »Lass sie gehen und nimm mich dafür als Geisel. Ich stelle mich freiwillig. Ohne Tricks!«

Katinka hörte augenblicklich auf, hektisch in ihr Telefon zu flüstern, und blickte ihn entsetzt an.

»Netter Versuch, Paul«, sagte Lena nach kurzer Pause. »Aber ich bin sicher, dass ich mein Ziel ebenso gut und mit geringerem Risiko für mich erreiche, wenn ich bei meiner Geisel bleibe. Weißt du, Jasmin ist sehr pflegeleicht.«

»Mein Gott!«, rief Paul in den Hörer. »Was ist denn dein Ziel? Was willst du erreichen?«

»Was mein Ziel ist? Mein lieber Paul, kannst du es dir denn nicht denken? Bist du wirklich so schwer von Begriff? Ich habe dich immer für geistig rege gehalten. Aber das war wohl ein Irrtum. Wie so vieles.«

»Nein, nein und nochmals nein! Ich habe keinen blassen Schimmer, was du mit diesem ganzen Wahnsinn erreichen willst. Mich leiden lassen? Das hast du geschafft!«

Lena hüstelte. »Wie ich schon sagte: Ich möchte, dass du an dir selbst und dem, was du angerichtet hast, verzweifelst. Dass du fertig bist mit der Welt. Dass du ... – dass du nachempfinden kannst, was ich seit sieben Jahren Tag für Tag fühle: die absolute Leere.«

»Lena, ich bitte dich: Lass es sein! Sei vernünftig und ...« Paul hörte, wie die Verbindung unterbrochen wurde. Sofort wandte er sich Katinka zu, die ihn triumphierend angrinste.

»Wir haben sie!«, sagte sie euphorisch. »Das Handy ist geortet. Die Koordinaten liegen in Nürnberg, gar nicht weit von hier.« Sie rannte ins Schlafzimmer, rief: »Ich zieh mich schnell an. Wir treffen uns mit der Polizei und lassen sie hochgehen!«

14

Zu früh gefreut, dachte Paul zerknirscht. Aus dem Vorhaben, Lena hochgehen zu lassen, wurde nichts.

Er musste diese schmerzliche Feststellung um ein Uhr nachts machen, als ihnen in der Adlerstraße von zwei Uniformierten ein i-Phone in einer Klarsichttüte überreicht wurde. Aufgestöbert in einem Abfalleimer. Jasmins Telefon, von Lena benutzt und sogleich entsorgt.

»Immerhin wissen wir jetzt definitiv, dass sich Lena in Nürnberg aufhält!«, versuchte Paul das Gute der Situation zu sehen.

Katinka, die sich bereits als strahlende Siegerin im Kampf gegen die Kidnapperin Lena gesehen haben mochte, ließ die Schultern hängen und verlangte nach »mindestens sechs Stunden Schlaf«.

Die sollten ihr vergönnt sein. Erst um neun Uhr früh kamen die beteiligten Ermittler und Paul im Präsidium zur Lagebesprechung zusammen. Allerdings begann das Meeting mit einem kräftigen Donnerwetter der leidlich ausgeschlafenen Oberstaatsanwältin:

»Was soll das heißen, der Gentest war nicht eindeutig?«, pflaumte sie den vergleichsweise übernächtigt wirkenden Chefermittler Schnelleisen an.

Völlig zu Recht, wie Paul meinte, denn auch er konnte kaum glauben, was ihnen Schnelleisen soeben aufgetischt hatte: Nach seinen Worten sei die Genanalyse des Fingers fehlgeschlagen oder zumindest nicht ausreichend verlässlich, sodass vom Labor eine Wiederholung angeregt worden war. Das aber habe Schnelleisen aus Kostengründen abgelehnt.

»Noch mal ganz langsam für den Laien«, mischte sich Paul ein. »Wie kann ein DNA-Test missglücken? Ich meine: Entweder man findet das gesuchte Erbmaterial, oder man findet es eben nicht. Was kann dabei schiefgehen?«

Schnelleisen wedelte mit einem Satz dünner Papiere, die mit den Ergebnissen der Analyse bedruckt waren, und versuchte sich an einer Erklärung: »Der Finger war wohl stark kontaminiert, verunreinigt also. Er trug eine Vielzahl von Fremd-DNA, die unterschiedlichen Personen zuzuordnen sind. Daher wollte sich das Labor nicht festlegen.«

»Aber das ist doch reiner Dilettantismus!«, brauste Katinka auf. »Dann sollen die ihre Proben eben vom inneren Gewebe nehmen und nicht von der Oberfläche. Das darf doch wirklich kein Problem sein!«

Schnelleisen verzog sein ohnehin schon zerknittertes Gesicht. »Aber Frau Oberstaatsanwältin, bedenken Sie: Die Kosten laufen mir aus dem Ruder. Das wären schon wieder ein paar Tausender, die von meinem Etat abgehen. Lassen Sie uns mit der nächsten Genanalyse doch warten, bis ein neues Körperteil eintrifft. Das kann ja nicht mehr lange dauern ...«

Katinka öffnete den Mund wie zu einem scharfen Protest, doch angesichts von Schnelleisens fehlplatzierter Pfennigfuchserei und des ungeheuerlichen Zynismus, den er mit seinen Bemerkungen an den Tag legte, schienen ihr die Worte zu fehlen. Stattdessen holte sie tief Luft, schloss für einige Momente die Augen und sagte sehr ruhig: »Ordnen Sie die Wiederholung des Tests an. Unverzüglich.«

Schnelleisen setzte zu einer Widerrede an, trollte sich dann aber kommentarlos ins Nebenzimmer. Sein Glück, dachte Paul, denn er wusste, dass Katinka auf hundertachtzig war und sich Schnelleisen keinen noch so kleinen Fehler mehr erlauben durfte.

Nachdem Paul für Katinka und sich zwei schwarze Kaffees aus einem Automaten im Korridor geholt hatte, lehnten sich beide an die Kante einer Schreibtischplatte und starrten auf den Boden.

»Und jetzt?«, fragte Paul.

»Eine gute Frage, auf die ich leider keine Antwort kenne.«

»Meinst du, wir können Lena schnappen, bevor es zu spät ist?«

»Das weiß ich nicht. Dass wir das Handy gefunden haben, macht mir Mut. Denn wie du letzte Nacht schon sagtest: Nun können wir den Kreis, in dem Lena sich bewegt, eingrenzen.«

Paul hörte einen nicht ausgesprochenen Vorbehalt heraus und fragte: »Aber?«

»Aber ich zweifle an der Kompetenz meiner Exekutive.«

»Du meinst die Polizei. Ja, wenn ich an Schnelleisens Herangehensweise denke, wird mir angst und bange. Man kann nur hoffen, dass hier nicht alle so ticken.«

»Das tun sie nicht, Paul. Aber bei Schnelleisen haben wir es mit einem Blockierer zu tun, der alles gefährdet. Allein diese Sache mit den Gentest: Nur um seinen Etat einzuhalten und sich damit lieb Kind bei seinem Vorgesetzten zu machen, unterläuft er verpflichtende Ermittlungsmethoden. Ich kann es noch immer nicht glauben, dass er diesen absurden Vorschlag gemacht hat.«

Paul schwieg einen Moment, bevor er nachdenklich anmerkte: »Wahrscheinlich werden wir danach kein Stück klüger sein als jetzt. Ob nun ein, zwei oder drei Genanalysen angefertigt werden – letztlich ist es völlig egal, denn es bringt uns Lena und Jasmin keinen Schritt näher.«

Katinka stellte ihren Kaffeebecher beiseite und pflichtete Paul bei: »Das stimmt. Leider. Ich werde mich mit dem Polizeipräsidenten in Verbindung setzen und ihn bitten, noch mehr Personal für die Suche abzustellen. Denn darauf sollten wir alle Kräfte bündeln. Noch haben wir genug Zeit, um Jasmin da heil rauszuholen.« Beschämt fügte sie hinzu: »Na ja, fast heil.«

Paul blickte auf die Datumsanzeige seiner Armbanduhr. »Heute ist der 8. Dezember. Bis Weihnachten ist noch eine Weile hin. Gute zwei Wochen, die uns für die Suche bleiben, wenn Lena mit ihrer Fristsetzung Wort hält. Aber das sind auch zwei Wochen, in denen Lena ihrer Geisel einen Finger nach dem anderen, Zehen, Nase und Ohren abschneiden kann. Alles sorgsam verpackt und dann per Express an meine Adresse geschickt.«

Katinka drückte Pauls Hand. »Red nicht so einen Unsinn. Lena wird es nicht zulassen, dass Jasmin verblutet, sich eine Infektion einfängt oder …« Sie stockte.

Paul sah sie an und hatte wohl den gleichen Einfall wie sie: »Die Apotheken!«, sagte er und setzte sich gerade auf. »Wenn Lena Jasmin verstümmelt und gleichzeitig am Leben halten will, muss sie sie medizinisch versorgen.«

»Und dafür braucht sie Verbandszeug und Medikamente«, setzte Katinka seinen Gedanken fort. »Wenn sie sich nicht alles schon vorher besorgt hat, muss sie Nachschub auftreiben.«

»Den bekommt sie in der Apotheke, wahrscheinlich in einer, die in der Nähe ihres Unterschlupfs liegt.«

Katinka lief zur Tür des Nebenzimmers und rief: »Herr Schnelleisen! Wir haben einen vielversprechenden neuen Ansatz, um den Sie sich kümmern müssen. Jetzt sofort!«

15

Was für ein Aufwand, dachte Paul: Mittlerweile kontrollierte die Polizei nicht nur die Postwege, sondern auch die Briefkästen seiner neuen Wohnung an der Kleinweidenmühle sowie des Hauses am Weinmarkt, zusätzlich den Briefschlitz in der Tür seines Ateliers. Sollte Lena die Tollkühnheit besitzen, noch einen Brief an ihn persönlich einwerfen zu wollen, würde sie mit hundertprozentiger Gewissheit geschnappt werden.

Trotz dieses mehrfach gesicherten, geradezu redundanten Überwachungssystems fühlte sich Paul grässlich, als er auf die tägliche Nachricht wartete, was für ihn geliefert wurde: Gar nichts, bloß ein Umschlag oder das nächste Päckchen mit blutiger Beigabe? Heute schien es bei »gar nichts« zu bleiben.

In seiner Unruhe schlug er den üblichen Weg ein, der ihn wieder zum Weinmarkt führte. An seiner alten Wirkungsstätte wurde er bereits erwartet: Hannah, in deren tausend Löckchen sich nicht weniger Schneeflocken verfangen hatten, ging vor der Haustür auf und ab und stampfte kräftig mit den Füßen auf, um sie zu wärmen. Als sie ihn kommen sah, lächelte sie ihn unsicher an. »Ich habe gehofft, dass du hier irgendwann aufkreuzt. Mama meinte, du streunst herum, um auf andere Gedanken zu kommen.«

Paul freute sich, seine Stieftochter zu sehen, umarmte sie und drückte sie fest an sich. »Ja, ich bin zum Streuner geworden. Wenn ich mich nicht bewege, werde ich verrückt. Dann denke ich darüber nach, was wohl gerade mit Jasmin passiert. Ich würde ihr so gern helfen, aber kann es nicht. Ein furchtbares Gefühl.«

Hannahs Wangen waren von der Kälte rosig getönt. »Wenn du dich mit Selbstvorwürfen zerfleischst, ist keinem geholfen«, mahnte sie. »Am allerwenigsten Jasmin.«

»Aber was kann ich denn tun?«

Hannah musste nicht lange überlegen: »Als Erstes darfst du den Mut nicht verlieren. Als Zweites musst du deine Vorteile nutzen. Es ist ja nicht so, dass du es bei Lena mit einer Unbekannten zu tun hast. Du kennst sie und weißt, wie sie denkt. Also kannst du auch ihre Schwachpunkte erkennen.«

Paul seufzte. »Das sagt sich leicht. Aber wo soll ich anfangen?«

»Am Anfang!« Hannah fasste ihn an den Armen, als wollte sie ihn aus seiner Lethargie reißen. »Du musst jeden ihrer Schritte nachvollziehen, um sie zu fassen zu kriegen. Du musst alles hinterfragen, darfst kein Detail auslassen. – Wie ist sie zum Beispiel aus dem Knast ausgebrochen?«

Paul, der sich viel lieber dem Selbstmitleid hingegeben hätte, sagte ausweichend: »Sie hat irgendein Ver- oder Entsorgungsfahrzeug gekapert. Wie es dann weiterging, weiß ich nicht genau, aber es spielt ja auch keine Rolle.«

»Falsch!« Hannahs blaue Augen fixierten ihn. »Das ist der völlig falsche Ansatz. Ich sage dir: Du musst *jeden einzelnen* Schritt von Lena nachvollziehen, nur dann kannst du ihr bis in ihr Versteck folgen und Jasmin befreien.«

Paul löste sich aus Hannahs Griff. »Mach mal halblang. Dein Aufbau-Coaching in Ehren – aber wenn es die Polizei nicht schafft, Lena auf die Spur zu kommen, wie soll ich es dann können?« Noch während er diese Frage formulierte, wusste er schon, dass er womöglich doch eine Chance hatte. Denn Hannahs Ansatz war bei näherer Betrachtung nicht schlecht.

Paul zog sein Handy aus der Tasche und rief Katinka an.

In der Kantine des Justizpalastes, einem holzvertäfelten Saal, in dem trotz der vielen Sitzplätze nicht der Lärm eines Großraumrestaurants herrschte, weil viele Gäste Vertraulichkeiten austauschten und daher nur leise miteinander tuschelten, wählten sie einen Platz am äußeren Rand. Katinka sah übermüdet aus, blass und gestresst. Entgegen ihrer sonstigen Praxis hatte sie kaum Zeit fürs Schminken aufgewendet. Sogar ihr hellbraunes Kostüm saß schlecht und der Kragen ihrer weißen Bluse wies einen kleinen Kaffeefleck auf. Eine ganz untypische Nachlässigkeit.

Sie interpretierte Pauls Blicke entsprechend und meinte: »Was schaust du mich so an? Ich weiß selbst, dass ich nicht mehr aussehe wie ein Mannequin.«

Paul wollte die Situation retten, indem er sagte: »Kein Wunder bei dem ganzen Druck momentan.«

Doch sie deutete seinen Kommentar auf ihre Weise: »Du meinst, der Druck lässt selbst mich alt aussehen?«

»Nein, so habe ich das nicht gemeint.«

Sie seufzte. »Aber es trifft leider zu, Paul, und zwar unabhängig von unserer aktuellen Lage.«

»Red keinen Unsinn.«

Aber Katinka wollte darüber reden: »Weißt du, dass mir die Verkäuferinnen beim Hosenkauf schon sagen, ich könnte eine Chinohose noch tragen? *Noch*! Zwischen den Zeilen: Ich sei ja nicht mehr die Jüngste, aber meine Figur noch ganz okay. Komplimente klingen anders.«

Wenn er sich auf dieses Gesprächsthema einließ, konnte er nur verlieren, dachte Paul und fragte, ohne weiter auf Katinkas Sinnkrise einzugehen: »Gibt es was Neues über die Apotheken? Hat die Polizei inzwischen die wichtigsten abgeklappert?«

Katinka stöhnte leise, als sie sich aus ihren Selbstzweifeln riss, und antwortete: »Wenig, was uns weiterhilft. Keine der Nürnberger Innenstadtapotheken hat in letzter Zeit einen auffällig hohen Absatz an Verbandsmaterial, Desinfektionsmittel, Wundsalben oder Schmerzmitteln verbucht. Jedenfalls an keine Einzelperson. Und bei dem Foto von Lena, das die Kripo herumzeigt, ist niemand hochgesprungen und hat gerufen: ›Die kenne ich! Die war gestern hier!‹ Nur eine pharmazeutisch-technische Assistentin aus der Kugelapotheke schien sich nicht sicher zu sein und meinte, Lena eventuell gesehen zu haben.«

»Das wäre fantastisch!«, rief Paul. »Die Kugelapotheke liegt doch direkt um die Ecke.«

»Ja, aber die PTA war sich nicht sicher. Sprach nur im Konjunktiv, und es gab keine Kassenbelege, die mit Lena und ihrem Bedarf an Arzneimitteln für Jasmin in Verbindung zu bringen waren.«

»Aber die Kugelapotheke ...«

»... wird selbstverständlich überwacht«, beendete Katinka seinen Satz. »Tag und Nacht, für den Fall, dass Lena auf die Idee kommen sollte, außerhalb der regulären Einkaufszeiten shoppen zu gehen und den Apothekennotdienst zu nutzen.«

Paul sah seine Frau entmutigt an. »Und sonst? Irgendwelche Neuigkeiten?«

Katinka passte ihre Haltung seinem Gesichtsausdruck an und krümmte den Rücken. »Nichts. Gar nichts.« Sie stützte ihr Kinn auf die verschränkten Hände. »Heute früh habe ich mit der JVA in Straubing telefoniert. Weil mir noch immer nicht in den Kopf will, wie Lena der Ausbruch gelingen konnte. Immerhin ist Straubing ja ein Hochsicherheitsknast für die richtig schweren Jungs und Mädels. Da dürfte so etwas ganz bestimmt nicht passieren.«

»Was haben sie gesagt?«

»Nichts Konkretes. Nur Ausflüchte: dass Lena ein Ent- und Versorgungsfahrzeug gekapert hat und damit getürmt ist. Schön und gut, das war uns bereits bekannt. Aber als ich wissen wollte, was denn das für ein Fahrzeug war, blieb es in der Leitung still. Mein Gesprächspartner gab mir zu verstehen, dass er zu derartigen Detailauskünften nicht berechtigt sei.« Sie verzog spöttisch den Mund. »Ich bitte dich, Paul, was ist denn das für eine Art? Bei so einer simplen Frage drückt sich der Kerl um eine Antwort. Kaum zu glauben, denn die Auswahl an infrage kommenden Autos ist ja nicht besonders groß: Entweder handelte es sich um einen Müllwagen, einen Lieferanten von Lebensmitteln, oder Wäsche oder um einen Handwerker. Viel mehr bleibt ja nicht.«

»Im Grunde genommen spielt es eh keine Rolle«, meinte Paul.

»Mag sein. Aber mich wurmen solche Antworten. Schon aus Prinzip. Deswegen habe ich gesagt, dass ich als Nächstes mit dem Vorgesetzten sprechen möchte und auf konkreten Angaben bestehe.«

»Und? Wurdest du mit dem JVA-Leiter verbunden?«

»Nein, ich wurde direkt ans Innenministerium verwiesen, wo der Vorgang bearbeitet wird.«

»Mach es bitte nicht so spannend.«

»Spannend ist es ganz sicher nicht. Eher zermürbend. Die zuständige Ministerialdirigentin genießt nämlich gerade ihr verlängertes Wochenende und ist erst morgen wieder zu erreichen.«

»Dann werden wir also erst morgen wissen, ob Lena den Lieferwagen eines Bäckers oder Elektrikers geklaut hat.«

»Ja«, sagte Katinka matt. »Oder den des Schornsteinfegers.«

16

Das Telefon riss Paul zu einer ungnädigen Zeit aus dem Schlaf: Sein Radiowecker zeigte 5:30 Uhr an.

Er fühlte sich miserabel, als er die Decke zurückschlug und einen Blick auf Katinka warf, die das Telefon nicht zu hören schien und friedlich schlummerte. Als er aufstand, spürte er, wie es in seinem Magen rumorte. Wohl die Folge des übermäßigen Weihnachtsplätzchenkonsums von gestern Abend. Denn Hannah hatte Katinka und ihn mit einer großen Dose voller Zimtsterne, Vanillekipferl und Buttergebäck versorgt, damit sie angesichts ihrer Sorgen nicht vom Fleisch fielen.

»Wir haben wieder ein Paket für Sie abgefangen, Herr Flemming«, meldete sich eine jung und dynamisch klingende Stimme. Die eines eifrigen Nachwuchspolizisten, mutmaßte Paul und fragte: »Und ... – haben Sie es schon geöffnet?«

»Dazu bin ich nicht befugt. Wir wollten Ihnen nur mitteilen, dass das Päckchen in circa einer halben Stunde im Polizeipräsidium eintreffen wird. Herr Schnelleisen legte Wert darauf, dass wir Sie verständigen.«

»Ja, danke. Das ist nett von Ihnen.« Paul legte auf, und bei den Gedanken, die ihm durch den Kopf schossen, revoltierte sein Magen nur noch stärker.

Er rannte ins Bad und übergab sich.

Schnelleisen, unrasiert, bleich, mit zerknittertem Gesicht, erwartete sie in seinem Büro, als Katinka und Paul kurz nach sechs Uhr eintrafen. Besagtes Päckchen –

es hatte die Größe eines Schuhkartons – lag in der Mitte seines Schreibtisches.

»Es ist schon durchleuchtet worden und von den Sprengstoffleuten freigegeben«, sagte Schnelleisen und nickte einer schüchtern wirkenden Mitarbeiterin zu. Diese trug bereits ihre Latexhandschuhe und machte sich zögerlich ans Werk, das Paketband zu lösen.

»Will ich es wirklich wissen?«, fragte Paul in den Raum hinein. »Will ich wirklich wissen, was da drin ist?«

Katinka stellte sich dicht neben ihn und nahm ihn bei der Hand. »Wir müssen auf alles gefasst sein«, sagte sie leise, denn ihr war klar, dass es keinen Zweck hatte, sich oder Paul oder sonst jemandem in diesem Raum etwas vorzumachen. »Auf das Röntgenbild allein können wir uns nicht verlassen – aber es verheißt nichts Gutes.«

Die junge Beamtin stellte sich ungeschickt an, was augenscheinlich an ihrer Nervosität lag. Mehrmals scheiterte sie bei dem Versuch, das Klebeband vom Deckel zu lösen, bis ihr ein Kollege eine Schere reichte und sie es vorsichtig aufritzte.

Es herrschte absolute Stille in dem Büro, als sie das Päckchen langsam aufklappte. Unsicher blickte sie auf und wartete ein erneutes Nicken von Schnelleisen ab. Erst danach griff sie in die Kiste und schob umständlich eine Lage Packpapier beiseite.

Paul, der sich unter normalen Umständen für einen lebensbejahenden und optimistisch veranlagten Menschen hielt, meinte in deprimierenden Gedanken zu ertrinken, als er mitansehen musste, was die junge Kripomitarbeiterin mit spitzen Fingern aus den Tiefen des Kartons zog.

»Du meine Güte«, entfuhr es Katinka, die sich sogleich abwandte.

»Ein Zeh!«, rief Schnelleisen. »Diesmal hat sie ihr einen Zeh abgeschnitten!«

Die Lagebesprechung der Sonderkommission, an der Katinka in offizieller Mission und Paul als geduldeter Externer teilnahmen, fand um neun Uhr im kleinen Konferenzraum am Ende des Flurs statt. Von hier aus hatte man eine gute Aussicht auf die Rundkuppel der St. Elisabeth-Kirche und die rückwärtige Seite des Weißen Turms. Trotz der frühen Stunde herrschte auf dem Jakobsplatz rege Betriebsamkeit: eilige Menschen, bei denen sich langsam die jährlich wiederkehrende vorweihnachtliche Käuferpanik einstellte, auf der Suche nach Geschenken für ihre Liebsten.

Paul warf einen kurzen Blick nach draußen, dann setzte er sich an einen hinteren Platz der U-förmig aufgestellten Konferenztische.

Schnelleisen nahm am Kopfende Platz und schaltete einen an der Decke angebrachten Beamer ein. »Was haben wir also?«, fragte er, ohne freilich eine Antwort zu erwarten. Stattdessen warf er Bilder von Lena Mangold an die Leinwand, anschließend unschöne Detailaufnahmen der per Post gelieferten Körperteile.

»Wir müssen uns der Tatsache stellen, dass wir es mit einer Täterin zu tun haben, die jegliche Hemmschwelle überschritten hat«, stellte Schnelleisen fest und blickte in die Runde, zu der neben Katinka und Paul noch die junge Mitarbeiterin und zwei Paul bis dato unbekannte Männer, etwa in seinem Alter, gehörten. »Sie wird ihren angekündigten Plan umsetzen, wenn wir sie nicht rechtzeitig daran hindern.«

»Wie genau lautet dieser Plan denn?«, fragte einer der

Männer, was bei Schnelleisen ein nervöses Zucken der Augenlider auslöste.

»Bitte keine Unterbrechungen während meines Vortrags. Fragen kommen zum Schluss.« Er räusperte sich. »Wo war ich stehen geblieben? Ach ja: bei unserer Rolle, in diesem Fall ist das die Verbrechensvorbeugung. Wir müssen alle unsere Energien darauf bündeln, Frau Mangold zuvorzukommen und unsere Kollegin aus der Geiselhaft zu befreien. Denn wenn wir auch nur einen einzigen weiteren Tag ohne Resultat verstreichen lassen, laufen wir Gefahr, dass ...«

Katinkas Handy zirpte und unterbrach abermals Schnelleisens Beitrag. Sie stand auf, murmelte eine Entschuldigung und verließ das Sitzungszimmer.

Schnelleisen hustete in seine Faust und setzte erneut an: »Jede Verzögerung in diesem Fall wäre fahrlässig. Wir können es uns im Interesse unserer Kollegin, aber auch aus eigenem Anspruch an die Effizienz unserer Ermittlungstaktik nicht leisten, ...«

Es klopfte an der Tür. Schnelleisen verzog verärgert das Gesicht. »Herein!«, rief er ungehalten.

Eine Frau in nussbraunem Rock und weinroter Strickjacke erschien im Türrahmen. Paul erkannte Schnelleisens Sekretärin wieder. »Die neuen Ergebnisse aus der Patho sind da«, sagte sie und hielt eine Mappe hoch.

»Aus der Pathologie?«, fragte Schnelleisen und klang noch immer gereizt. »Das hat Zeit. Legen Sie sie einfach auf den Tisch.« Er wedelte mit seinen Händen, als wollte er die lästige Untergebene verscheuchen. »Und keine weiteren Störungen!«, rief er ihr nach. Wieder hüstelte er, wieder setzte er zu einer Fortsetzung seiner Rede an: »Bei unserem weiteren Vorgehen müssen wir zwingend darauf bedacht sein, der Täterin einen Schritt voraus zu sein. Wir müssen uns in ihren Denkapparat hineinversetzen, um abschätzen zu können, was Lena Mangold als Nächstes unternehmen ...«

Die Tür wurde aufgerissen. Alle Blicke richteten sich auf Katinka, die – das Handy noch in der Hand – mit aufgewühlter Miene in den Raum platzte. Ihre Wangen waren rosa vor Aufregung, als sie verkündete: »Ich habe einen Anruf vom Innenministerium bekommen. Es ging um das Fluchtauto, mit dem Lena Mangold aus der JVA Straubing entkommen ist.« Sie fuhr sich mit der freien Hand nervös durchs Haar. »Wir lagen völlig daneben: Es hat sich weder um einen Müllwagen gehandelt, noch um einen Pizzaboten oder sonstige Zulieferer. Lena Mangold hat sich einen Leichenwagen geschnappt!«

17

Damit änderte sich alles.

Während Schnelleisen abseits stand und offenbar noch zu kämpfen hatte, um die Neuigkeit zu verarbeiten, steckten Katinka, Paul und die beiden Kripomänner bereits die Köpfe zusammen.

»Ich nehme an, der Wagen war nicht leer«, meinte einer der Männer.

»Das ist korrekt«, bestätigte Katinka. »An Bord befand sich die Leiche einer weiblichen Gefängnisinsassin, die an einem Schlaganfall gestorben war.«

Paul schaltete sofort und griff geistesgegenwärtig nach der Mappe, die die Sekretärin zurückgelassen hatte, bevor sie von Schnelleisen in die Flucht getrieben worden war.

»Was ist das?«, fragte Katinka.

Paul schob ihr die Mappe hin. »Sieh selbst nach! Das sind die Ergebnisse der zweiten Genanalyse des Fingers.«

Katinka sah kurz in die Runde, dann schlug sie die Mappe auf und vertiefte sich in den Inhalt. Nach drei Minuten, die Paul wie eine Ewigkeit vorkamen, hob sie den Kopf und erklärte: »Es fügt sich zusammen. Die zweite DNA-Probe zeigt eindeutig, dass der Finger nicht von Jasmin Stahl stammt. Sondern von einer anderen Person, die ebenfalls im Datensatz des Landeskriminalamtes erfasst ist: Olga Stankovsky – die Tote aus dem Leichenwagen!«

Paul kniff die Augen zusammen, riss sie wieder auf, und wiederholte beides noch einmal. Er fühlte sich, als würde er gerade aus einem Alptraum erwachen. »Wenn das so ist«, sagte er und lächelte, beglückt durch die plötzlich aufkeimende neue Hoffnung, »dann wird wahrscheinlich auch der Zeh nicht von Jasmin kommen, sondern von der Toten. Das bedeutet, sie ist unversehrt. Lena hat sie nicht angerührt, sondern nur geblufft!«

Katinka fiel in seine Freude ein, wirkte ebenfalls erleichtert. »Ja, die Chancen stehen gut, dass Jasmin heil davongekommen ist.«

»Das sehe ich leider nicht so«, sagte Schnelleisen, der sich wieder gefangen und hinter Paul und Katinka gestellt hatte. »Wir dürfen nicht zu früh Entwarnung geben. Denn selbst wenn die Körperteile von einer anderen Frau stammen sollten, bleibt unsere Kollegin Stahl verschwunden. Und nicht zu vergessen: Die Haare waren tatsächlich von ihr. Möglicherweise hat Frau Mangold bereits für vollendete Tatsachen gesorgt und sich der Kollegin Stahl entledigt.«

Paul und Katinka starrten ihn fassungslos an.

Natürlich hatte Schnelleisen nicht ganz unrecht. Das mussten sich Paul und Katinka, die kurz darauf das Präsidium verließen, um auf ein kleines Frühstück in die nahegelegene Studentenkneipe *Treibhaus* einzukehren, schweren Herzens eingestehen.

Sie suchten sich einen Tisch weit hinten in der Ecke des Lokals, ganz entgegen ihrer sonstigen Gewohnheit, am liebsten die Fensterplätze in Beschlag zu nehmen.

»Was können wir jetzt tun?«, fragte Paul, nachdem sie zwei Milchkaffees und Croissants mit Konfitüre bestellt hatten.

»Wenig bis gar nichts«, meinte Katinka, was sich in Pauls Ohren reichlich fatalistisch anhörte. »Wir wissen jetzt, dass Lena uns an der Nase herumgeführt hat. Dass ihr bisheriger Psychoterror gegen dich nur auf einer abgefeimten Täuschung beruht. Aber wir wissen nicht, wie ihr Spiel weitergehen wird. Bis zum Ende der Frist, die sie gesetzt hat, sind es noch fast zwei Wochen. Wer weiß, ob sie mit dem nächsten Päckchen nicht wirklich ein Körperteil von Jasmin verschickt.«

Paul sah sie düster an. »Oder aber Schnelleisens Theorie trifft zu und Jasmin lebt nicht mehr.«

Katinka schüttelte energisch den Kopf. »Möglich ist es zwar. Aber wozu hätte sie dann die abgetrennten Gliedmaßen der toten Gefängnisinsassin gebraucht? Nein, nein, Paul: Ich glaube, dass Lena tunlichst darauf bedacht ist, Jasmin kein Haar zu krümmen – ausgenommen das abgeschnittene Büschel. Sie will kein Risiko eingehen, indem sie sie verletzt. Sie will sichergehen, dass Jasmin ihre Geiselhaft bis zum Schluss heil übersteht.«

»Bis zum Schluss, sagst du?« Der kurze Anflug von Euphorie, den Paul im Präsidium verspürt hatte, war nun restlos verflogen. »Und was ist, wenn wir am Schluss ankommen? Soll Jasmin dann feierlich hingerichtet werden, die Zelebration des grausamen Finales?«

»So darfst du nicht denken, Paul. Noch sind wir nicht am Schluss angelangt. Noch lässt uns Lenas Ultimatum reichlich Zeit zum Handeln.« Ein winziges Lächeln schlich sich in ihr Gesicht. »Außerdem haben wir nun endlich einen Vorteil auf unserer Seite: Lena weiß nicht, dass wir ihre Leichennummer durchschaut haben. Sie nimmt an, dass du noch immer mit der malträtierten Jasmin mitleidest.«

Paul konnte in diesem »Vorteil« nur wenig Positives erkennen: »Ich höre erst auf zu leiden, wenn ich Jasmin gesund und munter vor mir sehe.«

Sie trennten sich mit einem Kuss auf die Wangen. Katinka wollte sich auf den Weg ins Oberlandesgericht machen, während Paul plante, die nächsten Stunden totzuschlagen, indem er seine Fotodatenbank auf Vordermann brachte. Doch sie hatten sich noch keine zwei Meter voneinander entfernt, als nahezu gleichzeitig ihre beiden Handys zu klingeln begannen.

Katinka blieb stehen und lauschte gebannt in den Hörer, während Paul einen Anruf von Schnelleisens Sekretärin entgegennahm. Sie teilte ihm mit, dass es schon wieder Neuigkeiten gebe: Die Apothekenmitarbeiterin, die Lena Mangold vor zwei Tagen erkannt haben wollte, habe sich wieder gemeldet. Angeblich hatte sie die Frau, auf die Lenas Beschreibung zutraf, noch einmal gesehen. Und zwar heute früh! Die Polizei konzentriere ihre Personenfahndung nun auf die Sebalder Altstadt.

»Wer war bei dir dran?«, erkundigte er sich bei Katinka, nachdem er sein Gespräch beendet hatte.

Sie musste einem schwer mit Geschenkpaketen beladenen Passanten ausweichen, als sie auf ihn zukam. »Schnelleisen. Er hält es für sinnvoll, dass wir zurück in sein Büro kommen. Er rechnet wohl damit, Lena schon sehr bald an der Angel zu haben.«

»Das hat mir seine Sekretärin auch gerade gesagt. Was meinst du? Kommen die im OLG heute mal ohne dich aus?«

»Müssen sie wohl.«

18

»*Zugriff!*«, brüllte Hauptkommissar Winfried Schnelleisen in den Hörer seines Telefons, genau in dem Moment, als Katinka und Paul sein Büro betraten.

Schnelleisens Körperhaltung verriet, dass er aufs Höchste angespannt war. Seine blasse Gesichtsfarbe war mit roten Flecken durchsetzt.

Paul zählte eins und eins zusammen: Hatte die Polizei etwa ...? – Das wäre zu schön, um wahr zu sein!

»Wurde Frau Mangold geschnappt?«, sprach Katinka seine Gedanken aus.

Schnelleisen hatte nur einen flüchtigen Blick für sie übrig, nickte, und redete eindringlich auf die Person am anderen Ende der Leitung ein: »Festnehmen! Sofort festnehmen! Lasst euch auf nichts ein! Die Frau ist gefährlich. Handschellen! Ihr müsst ihr gleich die Handschellen anlegen!«

Paul merkte, wie ihm eine zentnerschwere Last von den Schultern genommen wurde. Er ließ jetzt jede Zurückhaltung fallen, stellte sich dicht neben den Kommissar und drängte: »Ihre Leute sollen Lena nach dem Versteck fragen, in dem sie Jasmin gefangen hält!«

Schnelleisen zögerte; ganz offensichtlich behagte ihm Pauls Einmischung gar nicht. Erst als Katinka sich demonstrativ an Pauls Seite platzierte, kam er der Forderung nach.

Nachdem er aufgelegt hatte, wirkte er abgekämpft, aber zufrieden. »Eine Streife hat sie am Burgberg entdeckt, in der Irrerstraße, also nur einen Steinwurf von Ihrem Atelier entfernt, Herr Flemming. Lena Mangold wird jetzt mit Blaulicht zu uns gebracht.« Er sah auf seine Armbanduhr. »In fünf Minuten ist sie hier. Dann lassen wir uns von ihr zu ihrem Unterschlupf führen und befreien die Kollegin.«

Paul atmete erleichtert auf. Gleichzeitig war er angespannt, neugierig und nervös. Die erste Begegnung mit Lena Mangold nach sieben Jahren ängstigte ihn.

An Schnelleisens Seite durchquerten sie die Flure des Präsidiums, gelangten über zwei Treppen und ein halbes Dutzend Brandschutztüren in das Nebenzimmer eines Verhörraums, wo Paul und Katinka auf zwei Stühlen unmittelbar vor einer großen Glasscheibe Platz nahmen. Der Kommissar ließ sie allein, um sich in den hell ausgeleuchteten Verhörraum zu begeben. Von dort aus würde man weder Paul noch Katinka sehen können, denn wie Paul wusste, war die große Scheibe von einer Seite verspiegelt.

Die Ungeduld, die er bis eben empfunden hatte, wich einer prickelnden Spannung, als sich in dem nüchternen, kahlen Raum, in dem lediglich ein Tisch mit zwei Stühlen stand, etwas tat. Zunächst öffnete sich eine Tür, dann erkannte Paul den Hauptkommissar, der langsam rückwärts hereinkam. Ihm folgte – widerstrebend – eine Frau.

Ein schlanker Körper von etwa ein Meter fünfundsechzig trat aus dem Schatten des Türrahmens. Paul taxierte die angespannt wirkende Gestalt mit flatternden Blicken: Er registrierte schulterlanges schwarzes Haar, ein vornehm blasses Gesicht, schmale Hände mit langen schlanken Fingern. Er verglich diese Punkte mit seinen Erinnerungen und hakte sie innerlich ab. Noch konnte er die Frau nur seitlich von hinten sehen, den Kopf im Profil. Doch dann wandte sie sich langsam um, schaute in Richtung der Scheibe, die sie voneinander trennte.

Paul wünschte sich eine seiner Kameras herbei, um am Zoom des Objektivs zu drehen und das Gesicht näher heranzuholen. Aber das, worauf es ihm ankam und dessen Anblick er fürchtete, musste er ohne die Hilfe der Fototechnik erkennen können, selbst aus vier oder fünf Metern Entfernung: Lenas Augen. Mit ihrem charakteristischen Eisblau. Die Augen eines Huskys.

Paul sah hin. Er sah sehr genau hin.

Ihm war durchaus bewusst, dass sieben Jahre eine lange Zeit waren. Rechnete er hinzu, dass sich Lena während dieser Jahre im Gefängnis aufgehalten hatte, musste er davon ausgehen, dass sie sich seitdem nicht unerheblich verändert hatte. Dass sie älter geworden war, aller Wahrscheinlichkeit nach verhärmt und härter im Ausdruck. Aber ihre Augen hätten sich nicht verändern dürfen. Schon gar nicht ihre Farbe.

»Das ist sie nicht«, sagte Paul, der so dicht an der Scheibe stand, dass er sie mit der Nase berührte.

»Nein«, sagte auch Katinka. »Eine entfernte Ähnlichkeit. Mehr aber auch nicht.«

Sie betätigte einen Kippschalter neben einem fest installierten Mikrofon und sprach hinein: »Herr Schnelleisen, kommen Sie bitte noch mal in den Nebenraum.« Dann ließ sie den Schalter zurückklappen und schimpfte: »So ein Idiot!«

»Diese Achterbahnfahrt der Gefühle halte ich nicht länger aus«, klagte Paul und merkte selbst, dass er sich anhörte wie ein Jammerlappen. Sie saßen im stickig warmen *Goldenen Ritter*, um bei einem anständigen Essen mit einer großen Flasche Mineralwasser ihren Kummer hinunterzuspülen.

»Die Frau trug keinen Ausweis bei sich, sonst wäre der Irrtum sofort aufgefallen«, erklärte Katinka die Polizeipanne.

»Wird denn trotzdem weiter nach Lena gesucht?«

»Selbstverständlich. Und zwar unter Hochdruck. Wir können nur hoffen, dass im Übereifer nicht weitere Patzer passieren.«

Paul, dem das Croissant vom Morgen noch im Magen lag, hatte trotz der köstlichen Düfte, die aus der Küche strömten, keinen Appetit. Das sagte er auch frei heraus, als Jan-Patrick an ihren Tisch trat, die Lippen spitzte und beginnen wollte, die Höhepunkte seiner Tageskarte aufzuzählen.

»Keinen Appetit?«, fragte der klein gewachsene Küchenmeister und musterte seinen Nachbarn und Freund bekümmert. »Überhaupt keinen? Nicht mal ein kleines bisschen?«

»Nein, nicht mal ein kleines bisschen«, beharrte Paul und hielt sich demonstrativ an seinem Wasserglas fest.

Das nutzte ihm wenig, denn Jan-Patrick griff ihm in die Armbeuge und zwang ihn mit sanfter Gewalt zum Aufstehen. »Komm mit.«

Paul warf Katinka einen Hilfe suchenden Blick zu, doch die ließ den Wirt gewähren. Er führte Paul auf kürzestem Wege quer durch die urig rustikale Gaststube in die Küche, in der das Personal bei saunaartigem Klima emsig arbeitete.

»Ich weiß, was du jetzt brauchst«, flötete Jan-Patrick und steuerte einen Kühlschrank mit mattmetallener

Front an. »Keinen Spanferkelrücken an Altbiersoße und keinen Tafelspitz mit Meerrettichgemüse, sondern was Süßes. Schlicht und einfach eine Nascherei. Einen Zuckerschub, Glukose für den Blutkreislauf!«

»Nein, wirklich, ich möchte nichts ...«

»Von Jasmin Stahl fehlt wohl noch immer jede Spur, was?«, erkundigte sich Jan-Patrick mit bekümmerter Miene.

»Ja, leider. Wir drehen uns im Kreis.«

»Und die Chance, Lena zu schnappen ...«

»... wird meiner Meinung nach immer kleiner«, vollendete Paul Jan-Patricks Satz. »Sie ist uns immer einen Schritt voraus, selbst wenn wir glauben, sie eingeholt zu haben.«

»Aber es kann doch nicht sein, dass sich Jasmin nicht aufspüren lässt! Heutzutage gibt es doch die Handyortung und all den anderen technischen Schnickschnack.«

»Jasmins Handy hat die Polizei längst gefunden. Es lag in einem Abfalleimer, nachdem Lena es benutzt hatte. Ansonsten gibt es trotz all der modernen Technik keine Möglichkeit, sie aufzuspüren. Es sei denn, wir erwischen Lena und stellen sie zur Rede.«

»Ich drücke die Daumen. Mehr kann ich ja wohl nicht tun.«

»Nein, kannst du nicht. Trotzdem vielen Dank.«

Der Küchenmeister kräuselte betrübt die Stirn, wechselte dann jedoch abrupt die Stimmung, als er ausrief: »Schau hier!« Stolz präsentierte er die Schätze seines süßen Sortiments, die er mit derselben Ehrfurcht aus dem Kühlschrank nahm, wie man Diamanten aus einem Safe holen würde. »Tiramisu vom Silvaner, Kürbiskernparfait mit Quittenspalten. Oder wie wäre es mit Bayrisch

Creme von der Tonkabohne an Rotweinzwetschgen? Sehr empfehlenswert ist auch die Maronenmousse mit Gewürzorangen – oder ganz schlicht unser hausgemachtes Lebkucheneis.«

Paul gab sich geschlagen und akzeptierte dankbar – vor allem für den gut gemeinten Aufmunterungsversuch – die Bayrisch Creme. Er löffelte die sündhaft leckere Köstlichkeit in sich hinein, kratzte die Kristallschale bis zum letzten Rest aus und bedankte sich bei seinem Freund mit einem Schulterklopfen.

Dann war er bereit für die nächste Runde im Psychokampf gegen seine alte Liebe, die er nur mit Unterstützung seiner neuen Liebe bestehen würde. Katinka erwartete ihn bereits in der Gaststube, wo sie über einer Espressotasse brütete, bereit, mit ihm über die nächsten Schritte zu diskutieren, um Lena möglichst bald das Handwerk zu legen.

19

»Was fangen wir mit dem Rest des Tages an?«, fragte Paul später, als sie wieder in ihre Wintermäntel geschlüpft waren und ihre Schals dreifach um die Hälse geschlungen hatten. Unentschlossen standen sie vor dem *Goldenen Ritter* und trugen schwer daran, dass sie zum Nichtstun verdammt waren.

Nach Hause zog sie nichts, denn dort wartete die Stille auf sie und würden sich die Gedanken im Kreis drehen. Ein gemeinsamer Stadtbummel, wie sie ihn kurz erwogen hatten, schied auch aus. Keinem von beiden stand der Sinn nach dem Weihnachtsrummel, um den man dieser Tage in Nürnberg nicht herumkam.

»Also?«, fragte Paul und überließ Katinka die Initiative.

Diese überlegte kurz und entschied: »Wir haben kaum noch was im Kühlschrank. Und das Obst ist auch aus. Weißt du was: Wir teilen uns auf. Du besorgst in der Feinkostabteilung bei Karstadt was Frisches, ein paar ausgefallene Käsesorten, Wurstaufschnitt und frisches Brot. Am besten das Ciabatta mit eingebackenen Oliven. Und ich geh noch beim Müller vorbei und hole Zahnpasta, Kontaktlinsenreiniger und was mir noch einfällt.«

»Bring bitte auch Rasierschaum mit«, gab Paul ihr mit auf den Weg, als sie sich wenig später in der Königstraße trennten.

Paul, dem die Ablenkung gelegen kam, bahnte sich eine Schneise durch die Menschenmassen, die den Karstadt-Eingang blockierten. Im Kaufhaus wurde es nicht besser: Vor allem die Parfümerieabteilung, die er durchqueren musste, um die Rolltreppe ins Untergeschoss zu erreichen, quoll über vor Kunden. Viele von ihnen hatten reichlich Gebrauch von den Probespendern gemacht, sodass über dem Gewimmel eine unsichtbare Wolke aus verschiedensten intensiven Düften lag, von zuckersüß bis markant herb.

Während Paul sich mit den Ellenbogen nach vorn arbeitete, fiel ihm ein, dass er noch kein Geschenk für Katinka hatte. Normalerweise kümmerte er sich rechtzeitig um Präsente, um sich selbst keinen unnötigen Zeitdruck zu schaffen. Dieses Jahr aber hatte er noch keinen Gedanken ans Fest verschwendet – angesichts seiner Lage nicht verwunderlich. Dennoch überkam ihn das schlechte Gewissen.

Es begleitete ihn bis auf die Rolltreppen, die er – endlich erreicht – mit einem dicken Mann auf derselben Stufe teilen musste. Während Paul nach unten fuhr, ließ er seine Blicke gedankenverloren über die Köpfe der Menschen gleiten, die ihm auf der aufwärts fahrenden Rolltreppe entgegenkamen: Alte und Junge, Schöne und weniger Schöne, Durchschnittsmenschen und einige wenige mit dem gewissen Etwas. Er sah einen Mann auf Krücken, einen Schwarzen mit cooler Lederkappe, ein rotwangiges Kind, das ihm die Zunge herausstreckte, einen abgekämpft wirkenden Weihnachtsmann mit verrutschtem Bart und … – Paul sah noch einmal hin. Das konnte doch nicht sein!

Er riss die Augen auf, verrenkte sich beinahe den Hals, um der nach oben rollenden Treppe nachschauen zu können. Doch die Person, deren Anblick ihn so elektrisiert hatte, kehrte ihm den Rücken zu. Er konnte nur noch den Pelzkragen ihrer Jacke und den Hinterkopf mit dem schwarzen, seidig glänzenden Haar erkennen.

Wie mit der Feder aufgezogen stieß Paul sich am Ende der Treppe vom Bauch seines Nebenmannes ab und drängte sich in die Schlange der Kunden, die hinauf ins Erdgeschoss fahren wollten. Er musste sich böse Ausrufe und sogar einen Hieb mit einem Regenschirm gefallen lassen, während er sich den Weg nach oben erkämpfte.

Zurück in der Parfümwolke musste er jedoch einsehen, dass er nicht schnell genug gewesen war: Er stellte sich auf das Podest einer Reklametafel und sah sich nach allen Seiten um, konnte sie aber nicht mehr finden.

Im Schutz einer Vitrine in der Uhren- und Schmuckabteilung zog er sein Handy aus der Tasche. Da ihm Schnelleisens Nummer nicht geläufig war, wählte er kurzerhand den Notruf.

»Hallo? Ist da die Polizei? Ich habe gerade eine flüchtige Mörderin gesehen! Sie müssen den Karstadt umstellen lassen!«

Während Paul seine eigene Stimme im Hörer widerhallen hörte, wurde ihm klar, wie lächerlich dieser Appell klingen musste. Er fasste sich, nannte dann geordnet und zügig seinen Namen, den genauen Aufenthaltsort und seinen Verdacht, dass sich Lena Mangold zwischen den Kunden des Kaufhauses befinden könnte. Er gab auch Schnelleisens Namen als Referenz an, woraufhin man ihm wohl Glauben schenkte.

»In Ordnung, Herr Flemming«, sagte eine sehr sachlich klingende Männerstimme. »Es sind drei Streifenwagen zu Ihnen unterwegs. Am besten, Sie bleiben genau dort, wo Sie sind. Die Beamten werden innerhalb der nächsten Minuten bei Ihnen sein.«

»Nur drei Streifen?«, fragte Paul. »Meinen Sie nicht, dass das zu wenig ...« Er verschluckte sich bei dem letzten Wort, hustete und rief ins Handy: »Sie ist hier! Jetzt sehe ich sie wieder! Keine fünf Meter von mir entfernt!«

Tatsächlich! Diesmal gab es nicht den geringsten Zweifel. Hinter dem übernächsten Schaukasten war sie: Lena. Sie stand wie angewurzelt auf einem Fleck und sah ihn direkt an.

Paul, aufgebracht und nervös, starrte zurück. Obwohl zig Passanten ihren Blickkontakt störten und immer wieder unterbrachen, schienen sie für lange Sekunden wie mit einem unsichtbaren Band miteinander verbunden zu sein.

»Unternehmen Sie nichts! Bleiben Sie, wo Sie sind«, drang die Stimme aus dem Telefon wieder an sein Ohr. »Auf keinen Fall dürfen Sie sich der Zielperson nähern!«

Doch, dachte Paul. Genau das würde er tun! Er steckte sein Handy weg und umrundete die Vitrine. Langsam ging er auf Lena zu, Schritt für Schritt. Er schob Menschen, die ihm im Wege standen, beiseite, ging weiter und ließ Lena keinen Wimpernschlag lang aus den Augen.

Drei Meter trennten ihn noch von ihr, vielleicht sogar weniger. Er konnte ihr Gesicht nun deutlich sehen. Lena besaß die Anmut von einst, war die kühle Schönheit geblieben, die ihn so sehr fasziniert und in ihren Bann gezogen hatte. Sie war, wie erwartet, reifer geworden, und Paul meinte, ihr den jahrelangen Verlust der Freiheit ansehen zu können. Doch damit mochte er schon viel zu viel in ihr unbewegtes Gesicht hineininterpretieren.

Den nächsten Schaukasten ließ er hinter sich und verringerte den Abstand zu Lena auf anderthalb Meter.

Sie war – im wahrsten Sinne des Wortes – zum Greifen nahe. Er müsste nur noch einen beherzten Schritt nach vorn tun und ... – doch Paul zögerte.

Die Mahnung des Notruftelefonisten bremste ihn. Vielleicht hatte der Mann recht. Vielleicht wartete Lena nur darauf, dass er ihr zu nahe kommen würde, um ... – ja, um was zu tun? Hielt sie womöglich ein Messer unter ihrem Mantel verborgen? Drohte er, naiv wie er war, in eine Falle zu tappen?

Dort, wo Paul stehen geblieben war, stellte er ein Hindernis für die drängelnden Kunden dar. Nun war er es, der angerempelt und geschubst wurde. Von einer resoluten Seniorin so heftig, dass er für einen Moment aus dem Gleichgewicht geriet, sich gerade noch fangen und am Arm eines Fremden abstützen konnte.

Die ganze Aktion dauerte höchstens zwei Sekunden. Doch diese zwei Sekunden waren zu viel. Als Paul aufblickte, war Lena verschwunden. Sie hatte sich aufgelöst wie ein Trugbild, eine Fata Morgana.

»Eigentlich könnten wir gleich bei Ihnen einziehen«, meinte Katinka lakonisch, als sie sich zum dritten Mal an diesem Tag in Schnelleisens Büro einfanden.

Der Kommissar schien von dieser Vorstellung ebenso wenig begeistert zu sein wie Katinka und Paul, was sein schiefes Grinsen verriet. »Hier ist nun einmal die Schaltstelle. Jetzt, da wir dem Ende des Falls so nahe sind, ist es einfach das Beste, wenn wir gemeinsam ...«

»Von wegen *nahe*«, platzte Paul dazwischen. »Lena ist Ihren Leuten schon wieder durch die Lappen gegangen! Ich kann das nicht verstehen. Ist es denn so schwer, ein Haus abzuriegeln?«

»Ja, ist es!«, antwortete Schnelleisen gereizt. »Vor allem in der Vorweihnachtszeit, wenn die Kaufhäuser von Kunden überquellen. Eine massive Polizeipräsenz könnte eine Panik auslösen. Gar nicht auszudenken, was dann passieren würde. Denn sämtliche Fluchtwege sind überfüllt und verstopft.«

»Aber ich hätte sie um ein Haar selbst erwischt. Es muss doch mit dem Teufel zugehen, wenn Lena nicht aufzuspüren ist, obwohl sie sich mitten unter uns bewegt.«

Katinka stellte sich überraschend an Schnelleisens Seite, indem sie erklärte: »Eben nicht, Paul. Denn du musst bedenken: Lena *wollte*, dass du sie entdeckst. Sie hat diese Situation inszeniert. Wahrscheinlich beobachtete sie dich schon eine ganze Weile, bevor sie sich zu erkennen gab, um gleich darauf wieder von der Bildfläche zu verschwinden. – Merkst du es denn noch immer nicht? Diese Frau spielt mit dir. Sie lässt dich nach ihren Regeln hüpfen wie eine Tanzmaus.«

Paul setzte gerade zu einer Rechtfertigung an, als es an der Tür klopfte.

»Herein!«, schnauzte Schnelleisen.

Die Tür öffnete sich zögerlich. Dann tauchte ein Gesicht im Rahmen auf. Es war ein braungebranntes und erholt aussehendes Gesicht. Jedoch auch eines, das von Gewissensbissen und einer guten Portion Furcht gezeichnet war.

Paul blieb mucksmäuschenstill und kämpfte gegen das beunruhigende Gefühl an, sein Herz wäre soeben stehen geblieben.

Katinka und Schnelleisen riefen wie aus einem Mund: »Frau Stahl??!!«

20

Die Welle der Erleichterung erwischte Paul mit der Wucht eines Tsunami. Er wankte einige Schritte nach hinten, musste sich auf der Schreibtischplatte abstützen. Was er erlebte, rief stärkste Empfindungen in ihm hervor. Ihm wurde gleichzeitig warm und kalt, die Nackenhärchen stellten sich ihm auf, während sein Herz wie verrückt schlug. Sein Körper reagierte damit ebenso konfus, wie es sein Geist tat: In seinem Gehirn schlugen spontane Emotionen ein wie Blitze. Die Hoffnung, Jasmin lebend und unbeschadet wiederzusehen, war viel zu gering gewesen, als dass er diese radikale Wendung der Ereignisse so schnell verarbeiten und begreifen konnte.

Erst nachdem einige Sekunden verstrichen waren, in denen eine ungeheure Freude wuchs, schaffte er es, auf den Überraschungsgast zuzugehen. Mit offenen Armen näherte er sich Jasmin und staunte sie dabei an wie das achte Weltwunder.

»Du bist frei!«, rief er begeistert und drückte sie an sich. Doch nur kurz, denn sogleich löste er sich wieder von ihr und musterte sie. »Du bist unverletzt?«

Jasmin, deren unverschämt erholtes Aussehen im krassen Widerspruch zu dem Bild stand, das Paul und wohl auch die anderen vor Augen gehabt hatten, hob schuldbewusst die Brauen. »Ich habe gerade erst erfahren, was hier läuft. Keine Sorge: Mir geht es gut. Sehr gut sogar!«

Katinka drängte sich an Paul vorbei. »Wie ist Ihnen die Flucht gelungen?«

»Gar nicht«, stellte Jasmin klar. »Es gab keine Entführung und daher auch keine Flucht.« Katinka setzte zur nächsten Frage an, doch Jasmin kam ihr zuvor: »Ich war im Urlaub auf den Malediven und bin erst heute zurückgekommen. Als ich das Polizeisiegel an meiner Wohnungstür gesehen habe, bin ich natürlich sofort hierhergefahren. Die Kollegen an der Pforte und im Flur haben mir schon gesteckt, dass mich alle für ein Entführungsopfer gehalten haben. Aber seht selbst!« Sie drehte sich um die eigene Achse. »Ich bin wohlauf, super erholt.«

»Malediven?« Schnelleisen drängte sich nun auch nach vorn. »Aber liebe Kollegin, das ist unmöglich! Wir haben das überprüft und die Passagierdaten am Airport gecheckt ...«

»Ich bin nicht ab Nürnberg geflogen.«

»Auch die von München und Frankfurt haben wir nach Ihrem Namen durchsuchen lassen.«

Jasmin zuckte die Schultern. »Tut mir leid, aber die Mühe war umsonst: Ich bin gar nicht von Deutschland aus geflogen, weil ich ein klasse Last-Minute-Schnäppchen ab Prag erwischt habe.«

»Prag?«, fragte Schnelleisen und klang fassungslos. »Ja, aber was ist mit den Nachrichten, die wir für Sie hinterlassen haben? Wir haben es auf allen Kanälen versucht: mit Anrufen, SMS, E-Mails, sogar über Facebook.«

Abermals zog Jasmin ihre Schultern nach oben. »Sorry, Chef, aber Sie müssten es doch wissen: Im Urlaub will ich meine Ruhe haben. Da rühre ich keinen Computer an. Und mein Smartphone ist unauffindbar. Wahrscheinlich habe ich es beim schnellen Kofferpacken verlegt oder es ist zwischen die Sofakissen gerutscht.«

»Nein«, sagte Paul. »Es ist dir gestohlen worden. Ich kann mir auch denken, bei welcher Gelegenheit.«

Jasmin sah ihn aus großen Augen an. »Geklaut, sagst du? Wo und von wem?«

»Von derselben Person, die vorgegeben hat, dich entführt zu haben: Lena Mangold. Warst du vor deiner Abreise noch beim Friseur?«

Automatisch fasste sich Jasmin in ihr rötliches Haar. »Ja, den Termin habe ich gerade noch reinquetschen können.«

»Ich tippe, dass dir Lena in den Salon gefolgt ist. Während du dir die Haare schneiden hast lassen, konnte sie sich aus deiner Handtasche bedienen. Lena hat dein Smartphone eingesteckt und eine deiner Haarsträhnen aufgelesen.«

»Haare von mir? Warum sollte sie das gemacht haben?«

Paul berichtete ihr von Lenas Drohbriefen und von dem Schock, als einem der Briefe Jasmins Haarbüschel beigelegen hatte. »Von diesem Moment an mussten wir davon ausgehen, dass Lena Ernst machen und dir sonstwas antun würde.«

Jasmin erbleichte unter ihrer Sommerbräune. Fassungslos sagte sie: »Wahnsinn! Diese Frau hat ja den reinsten Psychoterror betrieben.«

»Ja, sie hatte sich einen teuflisch ausgetüftelten Plan zurechtgelegt«, bestätigte Paul. »Einen Plan, der erst jetzt aufhört zu funktionieren. Denn mit deiner Rückkehr hat sie ihr Druckmittel verloren.«

Jasmin, noch immer ziemlich blass, fragte mit stockender Stimme: »Habt ihr sie noch nicht erwischt?«

»Nein«, sagte Katinka und warf Schnelleisen einen

tadelnden Blick zu. »Obwohl Lena sich definitiv in der Nürnberger Altstadt aufhält, ist es nicht gelungen, sie zu schnappen.«

»Aber das werden wir nachholen!«, fühlte sich Schnelleisen zu einer Rechtfertigung genötigt. »Ich rechne jede Minute mit einem Anruf aus der Einsatzzentrale. Für Frau Mangold wird das Spiel sehr bald aus sein.«

21

Lenas Spiel war keineswegs aus.

Nicht an diesem Tag und nicht am folgenden. Nicht am dritten Advent und auch nicht in der letzten Vorweihnachtswoche, als Paul und Katinka mit ihren Freunden zum Jahresausklang im *Goldenen Ritter* zusammenkamen.

Paul hatte die seelischen Strapazen der ersten Dezemberwochen verhältnismäßig gut weggesteckt, dennoch ließ es ihm keine Ruhe, dass Lena noch immer auf freiem Fuß war. Ihn trieb der Gedanke um, dass sie womöglich bereits die nächste Boshaftigkeit austüftelte. In ihrem von krimineller Energie genährten Bestreben, ihm zu schaden, weil sie in ihm den Auslöser ihres persönlichen Übels sah und den über Jahre aufgestauten Hass einzig und allein auf Paul bündelte.

Heute Abend jedoch sollten diese düsteren Ahnungen keine Rolle spielen und ihm nicht die Freude daran vermiesen, dass er im Kreise seiner Vertrauten ein sicherlich wieder exzellentes Mahl genießen würde.

Jan-Patrick – oder wohl eher seine Frau Marlen – hatte den ohnehin urgemütlichen Gastraum stimmungsvoll dekoriert, Tannenzweige mit etwas goldenem Glanzlack ausgelegt, die üblicherweise weißen Tafelkerzen gegen samtrote ausgetauscht und nahe dem Eingangsbereich auch wieder einen traditionell geschmückten Baum aufgestellt. Nun war Paul höchst gespannt auf die Menüfolge, die ihnen der Küchenmeister zur Feier des Tages kredenzen würde. Und nicht nur er, denn kaum tauchte der quirlige Koch mit dem pechschwarzen, nach hinten gekämmten Haar auf, fragte Katinkas Spross Hannah:

»Ich habe einen Bärenhunger. Was gibt's denn heute bei dir?«

Jan-Patrick, der sich bei solchen Fragen üblicherweise in Positur warf und in flötendem Tonfall eine Leckerei nach der anderen anpries, war diesmal weniger redselig. Er beließ es bei der minimalistischen Andeutung: »Lasst euch überraschen.«

Zu den Freunden, die sich im *Goldenen Ritter* versammelt hatten und nun ebenso neugierig wie hungrig auf Jan-Patricks Überraschungen warteten, zählten neben Paul und Hannah natürlich Katinka, auch Jasmin Stahl, Pfarrer Hannes Fink und sogar Victor Blohfeld. Der Zeitungsrüpel, der vor allem mit Katinka schon so manche Fehde ausgetragen hatte, war in letzter Minute auf die Einladungsliste gerutscht. Jan-Patrick wollte sich auf diese Weise für einen – für Blohfelds Verhältnisse – sehr schmeichelhaften Zeitungsartikel über sein Restaurant bedanken, in dem Blohfeld den längst überfälligen Stern für den *Goldenen Ritter* gefordert hatte.

»Sag mal, Jasmin«, verkürzte Hannah das Warten auf den ersten Gang, »wie ist denn das nun genau gewesen? Wie konnte Lena Mangold dich für ihre Entführungskiste einspannen, ohne dass du etwas davon mitgekriegt hast?«

Jasmin fuhr sich mit Zeigefinger um die Nase. »Das habe ich mich in den letzten Tagen auch immer wieder gefragt. Ich würde sagen, dass Lena alles sehr genau vorbereitet und eine große Portion Glück hatte. Wir können davon ausgehen, dass sie die Zeit nach ihrem Ausbruch intensiv genutzt hat, um Pauls Umfeld auszuspähen. Dabei suchte sie nach jemandem, der für einige Zeit von der Bildfläche verschwinden konnte, ohne dass sie tatsächlich als Kidnapperin auftreten musste. Denn dieses

Risiko wollte sie vermeiden, da sie es sich wohl schon kräftemäßig nicht zutraute. Da kam ich ihr gerade recht mit meinen Urlaubsplänen.«

»Aber wie hat sie davon erfahren?«, fragte Paul, der ja selbst nichts von Jasmins Urlaubsreise auf die Malediven gewusst hatte.

Jasmin lächelte ihn ein wenig verhalten an. »Ganz einfach: Sie hat mich beobachtet und abgepasst, als ich ins Reisebüro gegangen bin.«

»Du gehst noch ins Reisebüro?«, fragte Hannah verblüfft. »Einen Last-Minute-Trip bucht man heutzutage doch online!«

»Ich war mir nicht ganz sicher wegen der Abreise aus Tschechien und hatte ein paar Fragen zu Ausweisen, Visa und so.«

»Dann hat sie im Reisebüro von deinen Plänen erfahren und ist dir bis zum Abflug wie ein Schatten gefolgt«, ergänzte Paul.

»So muss es gewesen sein. Nachdem sie mich als Opfer auserkoren hatte, fing Lena an, sich alles zu besorgen, was sie zur Umsetzung ihres Plans benötigte: meine Haarsträhne, mein Handy …«

Sie wurden von Jan-Patrick und Marlen unterbrochen, die auf Händen und Unterarmen das feine Porzellan mit der Vorspeise balancierten.

»Was ist das?«, wollte Blohfeld wissen und rümpfte – obwohl das Essen verführerisch aussah und wahrhaft köstlich duftete – die Nase.

Jan-Patrick ließ sich nicht aus der Reserve locken, sagte nur knapp: »Was das ist? Die Überraschung Nummer eins.« Dann zwinkerte er Marlen zu, woraufhin sich beide zurückzogen.

Katinka lachte auf. »Na so was! Ist Jan-Patrick neuerdings unter die Showmaster gegangen und startet eine Quizshow? Erraten Sie das Menü!«

Pfarrer Fink schubste mit geübter Geste sein zum Pferdeschwanz gebundenes Haar von der Schulter, beugte sich vor und schnupperte an der Speise: »Irgendetwas mit Fisch. Aber kein fischiger Fisch, sondern etwas Edles.«

»Dass es kein Karpfen ist, sehe ich auch«, meinte Blohfeld.

Paul stach seine Gabel in das verheißungsvolle Etwas auf seinem Teller, trennte einen Happen des zarten, rosaroten Fleisches ab und kostete. »Wenn ihr mich fragt«, sagte er kauend, »dann ist das Wildlachs. Wildlachs in einem Kräutermantel.«

»Richtig«, rief Jan-Patrick, der sich hinter einem hölzernen Pfeiler versteckt hatte. »Dazu Crème fraîche und Brioche.«

»Aber der Schwindel hätte viel früher auffliegen müssen«, meinte Katinka, nachdem sie die Vorspeise bis auf den letzten Krümel verputzt und sich die Mundwinkel mit einer gebügelten und gestärkten Stoffserviette abgetupft hatte. »Lena musste einkalkulieren, dass Sie auch im Urlaub Ihre E-Mails lesen.«

Jasmin verneinte mit dem Zeigefinger. »Nein, denn sie hatte ja mein Verhalten und meine Angewohnheiten studiert. Lena fand heraus, dass ich der typische Smartphone-Mensch bin. Wenn ich online gehe, dann fast immer mit meinem i-Phone.«

»Und das hat sie rechtzeitig verschwinden lassen«, meinte Hannah. »Clever.«

»Trotzdem.« Katinka wollte das nicht so hinnehmen. »Auch auf den Malediven gibt es Möglichkeiten, mit der

Heimat in Verbindung zu bleiben. Heute kann man doch von jeder kleinen Insel skypen oder twittern.«

Jasmin setzte zu einer Antwort an, wirkte dann jedoch seltsam unschlüssig. Schließlich gab sie sich einen Ruck und erklärte: »Ich hätte Kontakt mit Deutschland aufnehmen können, ja. Und auch meine Mails hätte ich lesen können. Aber ich wollte nicht. Was ich brauchte, war Ruhe und Abgeschiedenheit. Die Reise auf die Malediven war für mich eine Art Flucht.«

»Flucht vor was?«, fragte Hannah.

»Flucht vor meinen Gefühlen«, antwortete Jasmin stockend und krümmte den Rücken. »Ich brauchte Abstand, um endlich mit einem bestimmten Kapitel meines Lebens abzuschließen, was mir zu Hause nicht gelingen wollte.«

Hannah, wie immer blitzgescheit, wechselte mit ihren Blicken schnell zwischen ihrer Mutter, Jasmin und Paul. »Ich verstehe. Keine weiteren Fragen.«

»Doch, denn ich habe auch noch die eine oder andere«, meinte Jasmin. »Wie hat Lena Mangold das mit den Briefen gedeichselt? Wurden nicht einige in Augsburg und sogar Rosenheim aufgegeben?«

»Das ist richtig«, bestätigte Katinka. »Obwohl sie ihre Basis, wenn ich das mal so sagen darf, die ganze Zeit über hier in Nürnberg hatte, von wo aus sie uns alle aus nächster Nähe ausspionieren konnte, gaukelte sie uns vor, sie wäre permanent in anderen Städten unterwegs. Das tat sie, um eine intensive Suche nach ihrem Unterschlupf in Nürnberg so lange wie möglich zu verhindern.«

»Aber wie?«, fragte Hannah.

Katinka schmunzelte: »Eigentlich ganz einfach! Sie griff zu einem alten Trick. Sie drückte Pendlern am

Bahnhof ihre Briefe und ein Trinkgeld in die Hand, verbunden mit der Bitte, sie am Ziel für sie in den Briefkasten zu werfen oder zur Post zu bringen.«

»Clever«, kommentierte Jasmin.

»Ja, auf den Kopf gefallen ist deine Verflossene nicht, Paul«, meinte Hannah und fing sich einen bösen Blick von ihm ein. »Darf ich noch eine etwas unappetitliche Frage stellen? Was ist denn aus der angeschnipselten Leiche geworden?«

»Hannah!« Katinka sah sie tadelnd an. »Nicht jetzt beim Essen.«

»Aber hat man sie denn gefunden und …«

»Sie wird in Kürze ordnungsgemäß bestattet«, sagte Katinka knapp. »Langt dir das?«

Der nächste Gang wurde aufgetragen, und wieder hüllte sich der Küchenmeister in Schweigen.

Blohfeld testete erneut zunächst ausschließlich mit seinem Geruchssinn und gab seine Einschätzung ab: »Suppe. Riecht etwas streng.«

»Nicht streng, sondern aromatisch«, korrigierte ihn Hannes Fink.

Paul nahm einen Löffel zur Hand und kostete schlürfend. »Ungewöhnlich. Ich weiß nicht so recht, was der Geschmacksträger ist.«

»Kerbel«, meinte Katinka. »Ganz eindeutig!«

Hinter der Säule ertönte ein kurzer Applaus. »Samtsuppe von der Kerbelknolle mit Schwarzbrotcroûtons«, bestätigte Jan-Patrick Katinkas Tipp.

»Lena Mangolds Vorgehen ist durch nichts zu rechtfertigen«, meinte Pfarrer Fink, nachdem er seine Suppe ausgelöffelt hatte. »Dennoch kann man ihr eine gewisse Brillanz nicht absprechen.« Er erschrak offensichtlich selbst über seine forsche Bemerkung, denn er warf seinem bereits geleerten Weinglas einen scheelen Blick zu.

»Stimmt«, pflichtete Blohfeld ihm bei. »Vor allem die Nummer mit der Leiche war irrwitzig gut. Klaut einfach die Karre eines Bestatters, knackt den Sarg und schneidet der Toten ein paar Zehen und Finger ab. So dreist muss man erst mal sein!«

»Ersparen Sie uns die Details«, wandte Katinka ein. »Das verträgt sich nicht besonders gut mit Jan-Patricks exquisiter Küche.«

»Seien Sie nicht so zimperlich, Frau Oberstaatsanwältin. Sie müssen zugeben, dass die Mangold ordentlich was auf dem Kasten hat. Sie hat Sie alle zum Narren gehalten. Genau wie damals bei dem Fall ›Dürers Mätresse‹.«

Katinka sah ihn missmutig an, verkniff sich jedoch eine Widerrede.

Paul, der seinem Harmoniebedürfnis folgend heute Abend keinen Streit erleben wollte, lenkte die Gespräche auf das unverfängliche Thema des Wetters um, woraufhin die Runde darüber spekulierte, ob es dieses Jahr wohl eine weiße Weihnacht geben würde. Die eifrige Diskussion endete erst, als der Wirt ausladende Teller mit der Hauptspeise auftrug – wieder, ohne etwas über die Zusammensetzung des Gangs preiszugeben.

Blohfeld blieb seiner Rolle als Vorkoster treu: »Riecht etwas angebrannt und sieht aus wie ein Schäuferla.«

»Nicht angebrannt, sondern geschmort«, verbesserte ihn der Pfarrer.

»Das ist aber kein Schweinefleisch«, meinte Hannah mit vollem Mund.

»Auch kein Rind, oder?«, war sich Katinka unschlüssig.

»Was dann?«, fragte Paul, der ebenfalls schon probiert hatte.

»Ochse!«, rief Jasmin, als hätte sie die Erleuchtung.

»Genau!«, schallte es hinter dem Pfeiler hervor. »Geschmorte Almochsenschulter in Rotweinsoße an Selleriepüree.«

»Ob wir sie jemals finden werden?«, fragte Paul leise, nachdem er sein drittes Glas Frankenwein geleert hatte.

»Lena?« Katinka sah zweifelnd drein. »Ich fürchte, den günstigsten Zeitraum dafür haben wir verpasst. Als wir ihren Schlupfwinkel in einem verwaisten Lagerschuppen am Güterbahnhof endlich entdeckt hatten, war sie schon über alle Berge. Sie kann inzwischen überall sein. Wir müssen damit rechnen, dass Lena Mangold erst wieder auftaucht, wenn ... nun ja ...«

»... wenn wir eben nicht mehr damit rechnen«, schloss Paul.

»Zwischen ihren letzten beiden Aktivitäten lagen sieben Jahre. Gut möglich, dass wir wieder so lange warten müssen. Bis dahin haben wir sie vielleicht abermals vergessen.«

»Wackelpudding!«, rief Blohfeld laut aus und schien sich bei der Nachspeise ganz sicher zu sein.

»Nee«, wies ihn Hannah zurecht. »Schmeckt viel besser. Cremiger und gehaltvoller.«

»Ist es denn überhaupt was Fränkisches?«, fragte Hannes Fink unentschieden.

»Eher was Französisches.« Katinka kostete eine zweite Löffelspitze. »Crème brûlée, würde ich sagen.«

»Richtig«, rief Jan-Patrick begeistert aus dem Off. »Aber die Himbeeren dazu sind echt fränkisch. Im letzten Sommer handverlesen geerntet, schockgefroren und aromaschonend wieder aufgetaut.« Er blickte in die Runde. »Darf ich jemandem einen Kaffee oder Digestif anbieten? Dazu gibt es Feingebäck mit Zimt und Vanillezucker. Und natürlich Lebkuchen.«

Danksagung

Vielen Dank an meine Freunde und langjährigen Begleiter beim Ersinnen der Paul-Flemming-Krimis: Dr. Uwe Meier, Ralf Lang und Kerstin Hasewinkel. Ich danke meiner Frau Susanna Gräwe und meinen Eltern Dietlind und Peter Beinßen sowie Sabine Gräwe fürs kritische Testlesen. Außerdem meiner Lektorin Dr. Hanna Stegbauer besonders dafür, dass sie mir nichts durchgehen lässt.

Wer mehr über Lena Mangolds Vorgeschichte und Albrecht Dürer erfahren möchte, dem sei die Lektüre von Paul Flemmings erstem Fall *Dürers Mätresse* ans Herz gelegt.

Kältestarre

Krimis aus Franken zum Frösteln

Kältestarre
Krimi-Anthologie
Klappenbroschur, 192 Seiten
ISBN 978-3-86913-102-3

Es wird Winter in Franken – und der Tod lässt nicht lange auf sich warten. 13 bekannte, wind- und wettererprobte Krimiautoren haben sich aufgemacht, eiskalte Morde zu begehen, Ermittler aufs Glatteis zu schicken und ihren geneigten Lesern Gänsehaut über den Rücken zu jagen.
Kältestarre ist Krimikost für die kalten Tage, zum gemütlichen Einkuscheln im Sessel, wenn einem nicht nur wegen des Wetters zum Frösteln zumute ist.

Mit Beiträgen von Hildegunde Artmeier, Jan Beinßen, Tommie Goerz, Anne Hassel, Thomas Kastura, Christian Klier, Tessa Korber, Dirk Kruse, Stefan Valentin Müller, Petra Nacke, Roland Ballwieser und Petra Rinkes, Jobst Schlennstedt und Elmar Tannert.

Der Pelzmärtelmörder

Krimis aus Franken zur Weihnachtszeit

Der Pelzmärtelmörder
Krimi-Anthologie
Klappenbroschur, 202 Seiten
ISBN 978-3-86913-045-3

Wie man hört, sollen Familienfeste und Feiertage in besonderem Maße dazu beitragen, kriminelle Energien freizusetzen – vor allem Weihnachten! Und so treiben, während ahnungslose Menschen in ganz Franken sich bei Kerzenschein auf das Fest einstimmen, hektisch die letzten Geschenke besorgen und »O du fröhliche« unterm Weihnachtsbaum singen, gefährliche Mörder ihr Unwesen. Doch wer sind die Täter? Und welches Motiv treibt sie an? Um das herauszufinden, sind engagierte Ermittler und Ermittlerinnen im Sondereinsatz – in Szene gesetzt von bekannten fränkischen Autoren.

»Dem vorweihnachtlichen Frieden ist keinesfalls zu trauen. Im Franken der heimischen Schriftsteller von Sigrun Arenz bis Elmar Tannert werden an Martini nicht nur die Gänse geschlachtet. Wenn gegen Jahresende bei den meisten Menschen die Nerven blank liegen, geht es manchmal mordsmäßig hoch her. Stille Nacht? Totenstill.« *Nürnberger Nachrichten*